IL MIO DADDY È UN MARINE

LEE SAVINO

IL MIO DADDY È UN MARINE

Il mio bellissimo marine vuole che lo chiami 'Daddy.'

Non stavo cercando l'amore. Passavo i miei sabato sera a casa, con i miei due uomini preferiti—Ben & Jerry. Poi Dane ha bussato alla mia porta: alto, tatuato, tutto muscoli. Mi vuole, e non accetterà un no come risposta.

Dice che sono la sua 'piccola' e mi chiede di chiamarlo 'Daddy.'

Di giorno, mi tratta come una regina. Di notte, mi lega e fa cose tanto sporche e perverse da far impazzire quella regina.

E anche se mi pare davvero sconcio, sto iniziando a morire dalla voglia di chiamarlo 'Daddy'...

1

Ammucchiati sul sedile del passeggero, i documenti legali - nonostante i miei tentativi di ignorarli - non vogliono andare via.

Solo ventotto anni e già un divorzio alle spalle. Ma quanto è triste 'sta cosa? commenta il mio cervello, ahimè, con mio pieno appoggio. L'unica cosa che pensavo avessi fatto bene nella vita – sposare il mio fidanzatino del liceo – è ormai giunta al suo triste capolinea.

Immersa fino al collo nell'autocommiserazione, lancio le carte sui sedili posteriori della mia auto per entrare nella mia caffetteria preferita. Sarebbe stato più comodo prendere qualcosa ad un drive in anziché al The Bean Counter, ma con un nome del genere si sono guadagnati la mia fedeltà per tutta la vita.

Mi sento in uno stato di confusione tale che, mentre cerco di raggiungere la porta d'ingresso del locale, inciampo sui graziosi sandali che ho riesumato stamattina dal fondo del mio armadio. La punta urta il bordo del marciapiede, facendomi quasi cadere. *Quasi* perché, invece di cadere, comincio a dimenarmi come una pazza di fronte alla gente che mi passa accanto.

«Porca merda...», mormoro, guardandomi nervosamente intorno per accertarmi che nessuno mi abbia sentita.

Mia nonna me l'ha sempre detto che sono nata sprovvista di filtro bocca-cervello, dato che ho sempre detto la prima cosa che mi passava per la testa senza pensarci su due volte.

«Ed è anche testarda!» aggiungeva puntualmente mio nonno.

Mentre entro al bar, mi rendo conto che mio nonno aveva sempre cercato di avvertirmi su Chad, sin dall'inizio. Me lo diceva sempre che non valeva nulla, ed io gli ero sempre andata contro quando si sollevava l'argomento... la cosa si era fatta così brutta che, alla fine, avevo lasciato la loro casa per fuggire con Chad quando avevamo vent'anni.

Otto anni dopo eccomi qua con i documenti del divorzio e il cuore spezzato. Ciò che rimpiango di più, però, è che nonno sia morto prima di potermi dire 'Te l'avevo detto'.

Spingo la porta del locale un po' troppo forte e, con mio grande orrore, si apre così tanto da colpire un uomo che attende in fila il suo turno.

Beh, comunque non è solo colpa mia, eh. Il negozio è un buco e l'uomo ha le spalle e i bicipiti grandi quanto l'Alaska, era inevitabile.

L'uomo si volta per guardare in faccia chi l'ha colpito, abbassando leggermente I suoi occhiali con le lenti a specchio, e la visione di questo omaccione alto due metri e fatto al cento per cento da muscoli riesce a spazzare via dalla mia testa il pensiero del mio ex.

Wow, sento la vocina dentro la mia testa esclamare. *Non fare nulla di stupido.*

Lancio all'uomo un sorriso seducente, e l'angolo della

sua bocca si alza in risposta. Il mio cervello canta già vittoria quando il mio sandalo, seguendo la scia del suo piano di sabotaggio, decise di farmi inciampare di nuovo.

Ovviamente il fusto mi prende di colpo, e nell'atto di salvarmi dalla figura di merda che stavo per fare mi ritrovo tra le sua braccia, così vicina ai suoi magnifici e turgidi muscoli coperti di meravigliosi tatuaggi che ho bisogno di prendere una boccata d'aria.

«Dio mio,» dico in un sospiro. «I tuoi muscoli hanno i muscoli!»

Il mio cervello sussulta inorridito.

Le leggere rughe intorno alle lenti specchiate si incresparono.

Imbecille, mi rimprovero mentalmente. E nonostante questo, la mia bocca continua a muoversi contro la mia volontà: perché, con mio orrore, mi rendo conto di star parlando un'altra volta.

«Voglio dire, sei così muscoloso che potresti prendere la mia macchina e scaraventarla via. Io riesco a malapena ad arrivare in palestra...»

Chiudi la bocca, Cristo Santo.

La mia faccia si dipinge di un rosso acceso sotto l'attento esame di quelle lenti.

Il mio salvatore della caffetteria mi rimette in piedi, poggiandomi una mano sulla parte bassa della schiena per darmi più stabilità. Gli occhiali da sole fanno su e giù e io mi congelo all'istante, consapevole di essere in preda ad uno scrutinio completo.

L'omaccione ghigna. Le mie ginocchia diventano improvvisamente deboli e per poco non sbavo. Senza parlare dello stato in cui versano le mie mutandine... aggiungo mentalmente il bucato alla lista di cose da fare oggi.

Si rivolge alla barista: «Qualsiasi cosa voglia, offro io.»

Lui e I suoi muscoli si fanno da parte e la barista, che sembra anche lei rapita dalla splendida visione del suo cliente, rivolge uno sguardo con gli occhi sbarrati verso di me.

La mia lingua sceglie proprio questo momento per inciampare su se stessa.

«Dai, ordina qualcosa» mi esorta gentilmente il fusto con la sua voce profonda e dolce allo stesso tempo. ed un bianchissimo sorriso bagna-mutande.

Il mio cervello smette all'improvviso di rimproverarmi e comincia a sbavare insieme a me.

Fortunatamente ordino sempre lo stesso drink da quindici anni. Mi volto e recito a memoria il mio ordine alla barista, la quale sembra sprofondare inesorabilmente in un pozzo di lussuria. Sia le sue che le mie guance si colorano di rosso.

Con le sue mani ancora sulla mia schiena, Mister Muscoli ordina anche per sé, lascia cadere una banconota sul bancone e mi accompagna di lato per attendere i nostri drink.

La barista lo chiama per chiedergli se vuole il resto, ma lui scuote la testa con un sorriso. Le sue guance si colorano di rosso ancora di più, e la vedo portarsi civettuosamente una ciocca di capelli dietro l'orecchio.

Per un attimo il mio cuore stringersi in una morsa: la barista è alta, magra e sembra il tipo di ragazza che avrebbe flirtato con piacere con uno stallone muscoloso come quello. Ma poi l'uomo in questione sposta il suo sguardo su di me.

Mascella cesellata, labbra piene e un accenno di sorriso: faccio un rapido calcolo mentale e il quadro mi sembra davvero appetitoso.

Per favore, non lasciarmi dire nulla di stupido.

«Non dovevi» gli dico.

«Lo so», mi risponde, con voce profonda. «Non l'ho fatto per dovere. L'ho fatto perché volevo.»

La sua mano non tocca più la mia schiena, ma è abbastanza vicina perché io riesca a sentire il suo calore, ed è così forte che sento di poter cadere di nuovo da un momento all'altro. E in ogni caso avrei sempre potuto, con gli stupidi sandali che mi ritrovo... ora capisco perché erano buttati in un angolo remoto dell'armadio.

Ripenso alla velocità con la quale mi ha afferrata. Forse è abituato alle donne che svengono ogni trenta secondi dopo averlo incontrato, ma la sua presa protettiva mi ha fatto tornare in mente il mondo in cui mio nonno accompagnava in giro mia nonna, trattandola come la cosa più preziosa al mondo.

«Um, allora farei bene a dirti che non sempre dico la prima cosa che mi passa per la testa... no, non è vero, lo faccio, tutte le volte. Mia nonna dice che ho due orecchie e una bocca per ascoltare due volte e parlare solo una.»

Il sorriso accennato si trasforma in un ghigno. «Per te ha funzionato, oggi.»

«È una brutta settimana», gli confesso. "Mi hanno appena consegnato i documenti del divorzio dopo un anno di separazione.»

Il mio cervello si fa piccolo dalla vergogna, ma Muscolo non sembra scoraggiato dalla menzione del mio ex.

Inclina la testa. «Mi dispiace.»

Scuoto la testa e sorrido. «Non devi. Sto cercando di convincermi sia una cosa positiva. Lui...» mi ha tradita per anni, ha abusato di me sia emotivamente che verbalmente, mi ha riempita di bugie... «doveva andarsene.»

Stai zitta, Cassie, stai zitta. Smettila e basta.

«Allora sono felice sia andato via.» Il tono della sua voce diventa ancora più profondo.

Sto cercando un modo arguto e affascinante per cambiare argomento e smetterla di parlare della mia patetica vita quando noto un tatuaggio che spunta da sotto la manica.

«Carino, quel cane» dico, per poi maledirmi mentalmente.

Sotto la scritta 'Devil Dog' figura un bulldog ringhiante con un sigaro in bocca. L'esatto opposto della definizione di 'carino'. «Beh... forse non è l'aggettivo più azzeccato.»

Il mio cervello abbandona il compito di tenermi zitta, arrendendosi, e penso sia arrivato il momento di trasferirmi in Alaska dopo quel mio triste tentativo.

Muscoli mi guarda con un sorriso sghembo come se fossi la cosa più carina che avesse mai visto. È davvero un bel panorama quest'uomo grande, rude, con una fossetta al lato della bocca e gli occhi incollati su di me.

Mi sta mettendo un po' a disagio.

«Scusa» sussulto, leggermente senza fiato. «Al mattino non dovrei parlare senza aver prima bevuto del caffè.»

«Va tutto bene, piccola.»

Quel delicato brontolio mi regala una bella sensazione. Lancio di nuovo uno sguardo al tatuaggio e noto una scritta appena visibile al di sotto: 'USMC'.

«I Marines! Mio nonno era un Marine. Adesso capisco dove hai preso tutti questi muscoli.»

Il modo in cui si pone mi sembrava familiare, molto simile alla compostezza che mio nonno aveva sempre avuto. Sarebbe stato facile immaginarlo in uniforme... e anche senza.

Piantala di fissarlo, Cassie. Ma non riesco a resistere.

Quest'uomo, che inizio a chiamare mentalmente 'Devil Dog', è il miglior esempio di virilità esistente sul pianeta.

Dopo qualche secondo di studio, noto che i suoi capelli sono un po' troppo lunghi per un soldato attivo.

«Sei fuori servizio?»

«Da due anni. Congedo medico.»

«Oh», dico, alla ricerca di qualcos'altro da dire. «Mi sembri abbastanza in salute.»

«Mi sono ferito in servizio. Afghanistan.»

«È un peccato. Scommetto che abbiano bisogno di tipi come te, laggiù.»

Un barlume di dolore attraversa il suo viso, e vedo il suo corpo inclinarsi lontano da me.

Una scia di imbarazzo mi percorre all'interno come una fiamma. Vorrei poter avere la capacità di infilarmi un piede in bocca per tapparla, perché dopo la mia uscita infelice ho come l'impressione che Devil Dog vorrebbe d'un tratto essere dovunque, tranne che in mia compagnia.

Bene, eccoci qua, sospira tristemente il mio cervello. *È stato bello finché è durato.* Il resto di me piange mentalmente.

La barista poggia le nostre bevande sul bancone, suggerendomi una via di fuga.

«Mi dispiace. Come ho già detto – non dovrei parlare prima di assumere caffeina... o mai, non dovrei parlare mai. È stato molto scortese e... scusa.»

Dopo aver preso la tazza di caffè, corro fuori dalla caffetteria.

Venti minuti dopo accosto davanti alla casa di nonna, dove vivo da quando Chad mi ha sbattuta fuori dal suo appartamento. Spengo il motore e lascio cadere la testa sul volante.

Quell'intenso capogiro che avevo sentito durante la conversazione con quel fusto di Devil Dog è sfumato in una grigia tristezza e nella sensazione che anche stavolta ho fallito in qualcosa.

Tipico di Cassie, sentenzia il mio cervello. *Non mi stupisco che il tuo matrimonio sia finito.*

A volte mi piacerebbe da morire poter prendere a pugni in faccia i miei pensieri.

Ripenso all'uomo con il bulldog tatuato mentre porto il mio caffellatte in casa. Rimango stupita dalla mia attrazione per i muscoli; non mi erano mai piaciuti i palestrati prima. Il mio ex, Chad, non era così atletico. Era in forma, però, grazie a una dura routine di allenamento sei giorni a settimana. Una volta l'ho preso in giro per questo.

«Non sarò io quello che si trascura, nella nostra relazione» mi ha risposto, puntando lo sguardo sulla tavoletta di cioccolato che stavo mangiucchiando.

Signor Coglione de' Cazzoni. Avrei dovuto prevedere il suo tradimento.

Ma Devil Dog... il modo in cui mi aveva dedicato tutta la sua attenzione, in cui sembrava apprezzare le mie curve. E quello in cui mi ha offerto il caffè, evitandomi una caduta. Forse è qualcosa che fanno tutti i Marine. La padronanza di sé, quel cortese rispetto, il modo sicuro e consapevole in cui un uomo si comporta quando ha l'onore che gli scorre nelle vene... tutto mi aveva ricordato mio nonno.

«Cassandra?» trilla nonna appena entro.

Grazie a Dio il caffellatte sta facendo effetto. A ottantotto anni, in via di guarigione da un brutto attacco di pneumonia, mia nonna ha più energia di uno stormo di cheerleader ad una partita di football.

Mi sorride dal suo letto medico, situato in uno spazio delimitato da tende, in soggiorno. Nonostante sia costretta a letto, ha indossato una vestaglia a fiori e raccolto i suoi capelli bianchi. Ogni sera le spalmo una crema antirughe pregando di invecchiare bene come lei. O almeno la metà.

«Ehi tu!» Malgrado la mia brutta giornata, cerco di mettere nella mia voce un pizzico di allegria. «Come ti senti?»

«Bene, tesoro, bene. Sono quasi tentata di chiamare il Dr. Lewis per avere il suo permesso di uscire stasera.»

Questa sera l'associazione dei Veterani delle Guerre Straniere tiene il suo ricevimento annuale. Nonna e nonno ci andavano ogni anno, ma l'anno scorso nonna è andata da sola. Quest'anno il dottore le ha ordinato di evitare le folle finché il suo sistema immunitario non sia abbastanza forte, quindi aveva intenzione di passare a me il testimone.

«Nonna, non credo sia una buona idea—»

Lei muove una mano. «Sto scherzando. Ma ho una sorpresa per te: hai un appuntamento!» dice, rivolgendomi un sorriso radioso.

Per poco non sputo tutto il caffè sul pavimento. «Cosa?»

«Dane Hutchinson. Verrà a prenderti per accompagnarti a prendere i fiori da portare al ricevimento.»

«Nonna, non ho bisogno di un appuntamento. Non è il ballo della scuola.»

«Puoi scommetterci che non lo è. Chad ti ha portata al ballo, e Dane Hutchinson è dieci volte tutto quello che lui non potrà mai essere.»

Il luccichio dei suoi occhi mi suggerisce che discutere sarebbe inutile, ma insisto comunque. «Mi presenterò lì, mostrerò il mio bel faccino, dirò a tutti come stai e me ne andrò. Tutto qui.»

«Oh, amore mio, ecco perché ho chiamato Dane. Devi divertirti un po'. E poi hai bisogno di una macchina più grande per trasportare i fiori. Li vai a prendere alle due, giusto?»

Provo a protestare ancora una volta. «Nonna, non posso uscire con... non ho nemmeno divorziato.»

«Lo so che ha mandato i documenti, Cassandra. E so anche che non si è impegnato a preservare il vostro matrimonio fin dall'inizio» dice nonna con tono gentile.

Ed ha ragione. Chad si era allontanato da me nel momento in cui aveva iniziato a frequentare la facoltà di legge. Mi dissi che sarebbe stata una cosa temporanea, necessaria per raggiungere i nostri obiettivi. Ho continuato a lavorare e a supportarlo, e a sopportare tutto questo in silenzio fino a quando non giungemmo al capolinea... e per tutto quel tempo, non avevo mai avuto la minima idea che lui mi tradisse.

«Quell'uomo ti ha messo il prosciutto sugli occhi. È il momento che realizzi quanto sei speciale. Dane è un bravo ragazzo; Bill lo ha conosciuto al VFW. Si prenderà cura di te e ti farà divertire.»

«Nonna...»

Si sporge in avanti e mi prende la mano. «Cassandra, hai bisogno di una bella serata. Sei troppo giovane e carina per deprimerti in casa con solo una vecchia bacucca a farti compagnia.»

«Non sei una vecchia bacucca!» sbuffo, nonostante non sia certa di sapere il significato preciso del termine.

«Cassandra, stasera andrai con Dane e ti divertirai. Fallo per me.»

Non potrei dire mai di no alla nonna, ecco perché, qualche ora dopo, corro all'ingresso di casa mentre infilo gli orecchini per incontrare il mio 'cavaliere'.

Come si chiamava? Dylan? Dane?

Dall'occhiata che do dalla finestra, l'uomo in questione sembra enorme.

Apro la porta e guardo dritto in un paio di lenti a specchio.

«Merda!» sbotto, e lui inarca un sopracciglio.

È decisamente lui, il Marine della caffetteria. Devil Dog. Più alto di me e due volte più largo grazie ai suoi muscoli, è in piedi sulla soglia come se fosse sua. Ha la maglia leggermente sbottonata, ma le zampe del bulldog fanno ancora capolino dalla manica corta.

Si tratta davvero di lui.

«Che ci fai qui?» L'allarme-stalker inizia a risuonarmi nella testa prima che di notare il mazzo di margherite che tiene in mano.

«Ciao», la sua voce è un ruggito gentile che rimbomba nelle mie viscere.

«Sul serio?» chiedo, socchiudendo la porta alle mie spalle affinché nonna non possa sentirmi. «Sei tu quello con cui devo uscire?» So che mi sto comportando da stronza ma tutto ciò mi sta confondendo. Tutto sta andando in direzione di un'ipotetica cospirazione messa in atto da Devil Dog e la nonna. Non mi piace; mi inquieta.

I fiori sono carini, però.

Inarca di nuovo le sopracciglia senza spostarsi di un centimetro. «Sono qui per aiutarti con le commissioni e l'organizzazione dell'evento di stasera.»

«Giusto. Accompagnami.»

«Sei tu Cassandra Brass?»

«Sì... Voglio dire, no: quello è il mio cognome da sposata. Quindi prima... è stata solo una coincidenza?»

«A quanto pare sì.» Gli angoli della sua bocca si alzano, come fosse divertito dalla mia domanda. «È così difficile da credere?»

Beh, in realtà no. La nostra cittadina non è poi così grande. Ma è strano. «Quelli sono per me?» faccio cenno alle margherite.

«In realtà sono per la signora Maddie. È qui?»

«Cassandra?» mi chiama nonna. «È Dane?»

Dane. Si chiama così. Non Dylan, ma quasi. Devil Dog. È un po' diabolico visto così, fermo sotto il porticato, come se fosse consapevole dei miei pensieri poco casti.

«È lui, nonna. Ti ha portato dei fiori.»

«Davvero? Fallo entrare, Cassandra.»

Apro la porta e aggrotto la fronte facendogli cenno di entrare, seguendo il mio copione da stronza. Mentre cammina davanti a me, con passi aggraziati e leggeri che contrastano con le sue dimensioni, sento una scia di meraviglioso profumo, probabilmente il suo bagnoschiuma.

Gnam.

Calma, ragazza, mi avverte il mio cervello, così mi limito a seguire Devil Dog, scuotendo la testa. Ma cos'ha di speciale questo tizio?

«Quelli sono per me? Oh, le margherite sono le mie preferite. Te ne sei ricordato!» Nonna sorride mentre il gigante le bacia la guancia. «Da quanto tempo!» mugola ancora lei, come se fosse una diciottenne e non una donna di quasi ottantanove anni. «E hai già conosciuto mia nipote Cassandra» continua nonna sorridendomi. «Era da molto che volevo farvi incontrare.»

Con quella frase realizzo che non ne sarei uscita, da quella situazione.

Nonostante il suo aspetto muscoloso e tatuato, Dan sembra sentirsi a suo agio nel ruolo di gentleman, il che è positivo perché devo passare la maggior parte della giornata con lui tra le commissioni e l'organizzazione dell'evento, nonché l'evento stesso.

Proprio come in caffetteria, Dane poggia una mano sulla mia schiena per scortarmi fino alla sua macchina. È proprio come lui – bellissima, americana, sportiva.

Mi apre addirittura la portiera.

Non mi stanno aiutando i capogiri che mi vengono quando mi trovo accanto a lui. Le farfalle iniziano a svolazzarmi nello stomaco alla vista dell'enorme distesa del suo petto e i suoi bicipiti sodi. Cosa fa quest'uomo per allenarsi? Solleva macchine? Con la coda dell'occhio mi vede fissarlo e inarca un sopracciglio. Sussulto e mi mordo un labbro, distogliendo lo sguardo. Non vado a letto con qualcuno da tanto, troppo tempo. Dalla mia separazione.

Un'altra ragione per maledire il mio ex.

Rimango zitta, non volendo rischiare di dire di nuovo qualcosa di stupido o che possa suonare come un insulto. Dane mi lancia un paio di occhiate, ma nota la mia rigidità e non dice nulla. Oltre a dare le indicazioni per raggiungere il vivaio e le istruzioni al VFW, parliamo davvero poco. Quando viene dato inizio all'evento, già mi manca la sua voce profonda e gentile.

Rimango in piedi, a disagio, in un angolino finché alcuni uomini mi si avvicinano, guardando soddisfatti le mie gambe scoperte.

«Ti stai divertendo, dolcezza?»

Dane mi spunta accanto, abbastanza vicino da cingermi le spalle con un braccio, se avesse voluto. «Questa è Cassandra, la nipote della signora Maddie.»

«Bill e Maddie Brass?» L'uomo si ricorda dei miei nonni e io divento immediatamente una celebrità.

Passo il resto della serata a parlare dei miei nonni, con Devil Dog accanto. Si sta comportando da perfetto gentiluomo, mi scorta, mi presenta e mi lascia solo per andare a prendermi del cibo. E gliene sono grata. Riconosco diversi volti familiari, persone che avevano fatto volontariato con me quando ero una teenager, ma tutti gli invitati conoscono Dane. Sembra essere stato molto attivo nell'ambito della beneficenza dal suo ritorno dalla missione.

La parte più difficile della serata arriva quando mio nonno viene premiato per il suo servizio. Ho dovuto fare un discorso davanti a tutti e accettare il premio a suo nome.

Quando scendo dal piccolo palco, le lacrime mi impediscono di vedere chiaramente. Ma Dane mi stava già aspettando.

«Vieni con me» mormora, a mo' di ordine piuttosto che di richiesta. «Voglio farti vedere una cosa.»

Mi porge la sua mano e, senza pensarci, la prendo. Mi guida attraverso il salone per raggiungere una sala più piccola e tranquilla, fermandosi davanti all'immagine di un bulldog molto simile a quello sul suo braccio. Accanto alla foto c'è un manifesto rosso sul quale figura un bulldog che insegue un bassotto.

«Manifesto di reclutamento» spiega Dane. Lascia andare la mia mano ma il suo calore non va via. «I cani del Diavolo – si dice che i tedeschi chiamavano così i Marines durante la Seconda Guerra Mondiale. Da allora il bulldog è diventato la nostra mascotte.»

Studio il poster nei minimi dettagli, immaginando come fosse arruolarsi nei Marines in quella guerra a dir poco brutale, consapevole di essere in prima linea a combattere. Dane rimane in silenzio accanto a me, e io realizzo che mi ha portata via dalla folla per farmi ricomporre.

«Grazie» dico, voltandomi verso di lui.

«Ho pensato avessi bisogno di una pausa» risponde, con voce sommessa e ferma.

«È un bel po' da digerire, tutto qua.»

Dane rimane in silenzio, concentrato su di me con la sua solita attenzione. Sospiro e decido di aprirmi.

«L'ultima volta in cui avrei dovuto partecipare all'evento del VFW, io e mio nonno abbiamo avuto una brutta discussione. Io corsi da Chad – il mio ex. È stato un errore.»

La mia intera vita è un errore. Beh, forse solo gli ultimi otto anni, ma sembrano una vita intera. «Adesso lo so.»

«Meglio tardi che mai.»

«Credo di sì.» Strofino il punto del dito, quello su cui stava la mia fede nuziale. Forse la ragione per cui l'avevo tenuta ancora per un anno, sperando che Chad cambiasse idea, non era perché avrei voluto rimanere con lui. Forse volevo quegli anni indietro.

Dane sembra voler aggiungere qualcos'altro, ma poi sentiamo qualcuno entrare. Torniamo indietro e lui si affaccia per capire chi sia, poi si volta verso di me con un ghigno.

«Cosa–» cerco di dire, ma non riesco a concludere perché si avvicina a me, poggiandosi un dito sulle labbra per dirmi di rimanere in silenzio. Sbirciamo entrambi e guardiamo due ragazzini pomiciare come se non ci fosse un domani.

Sgattaioliamo in punta di piedi fuori dalla sala, lontano dai due piccioncini, completamente ignari della coppia di adulti che sguscia via dalla loro rovente sessione.

Mi accompagna fuori, con il calore della sua mano che penetra sotto la pelle della mia schiena e mi riscalda tutta, fino a farmi arrossire le guance.

Lungo la strada verso casa, decido di rompere il mio silenzio. «Grazie per oggi. Per avermi sopportata...» *Anche se sono stata una stronza*, aggiungo mentalmente.

«Non c'è di che, piccola.»

La parte più interna di me si riscalda.

«Grazie per aver portato dei fiori a nonna.»

«Qualsiasi cosa per la signora Maddie. Di solito passavo tutta la serata dell'evento ad ascoltare le storie che raccontava tuo nonno.»

«Poi ti sei arruolato nei Marines.»

Annuisce con un cenno della testa.

«Che mi dici del congedo medico?»

«Mi sono ferito al ginocchio. Ho evitato il congedo per un bel po', poi sono tornato a casa.»

Il suo volto non lascia trasparire il dolore come è successo in caffetteria, ma noto un briciolo di tensione nelle sue spalle.

Decido di cambiare argomento. «Senti, mi dispiace di averti offeso e di essere corsa via dalla caffetteria. Non ho filtri, puoi chiedere a chiunque.»

«Non mi hai offeso.»

«Ma—»

«Cassandra», dice con tono fermo. «Sei troppo dura con te stessa. Rilassati.»

A quell'ordine resto zitta. E d'un tratto sento anche il bisogno di cambiarmi le mutandine. Cos'ha quell'uomo così muscoloso che ha portato dei fiori a mia nonna, si è occupato di me per tutta la sera e poi mi ha dato un ordine che ha appiccato un fuoco dentro di me? Quanto vorrei fossimo stati noi, quelli a limonare in quella saletta nascosta.

«Tua nonna dice che il tuo ex ti ha dato qualche problema.»

Porca troia. «Non ho problemi.»

«Ti ha tradita, poi ti ha buttata fuori di casa e ti ha minacciata di prendersi la tua macchina se non avessi dato un taglio netto alla relazione.»

Aggrotto la fronte, perché è tutto vero. «Sì, ma... l'ho presa bene.»

Serra le labbra.

«È vero» insisto, mentre svoltiamo nel quartiere di nonna.

«Se hai bisogno di qualcosa, fammi sapere.»

Ancora una volta niente suggerimenti, ma ordini. «Sì, signore», mormoro.

Al suo annuire soddisfatto, incrocio le braccia al petto.

«È il 21° secolo», dico. «Lo sai che le donne sono libere, adesso?»

«Sì.»

«Possiamo comprare casa, trovare lavoro, addirittura votare, sai?»

Di fronte alla mia essenza stronza, annuisce e basta.

«Quindi non ho bisogno di un uomo che si prenda cura di me.»

«Tuo nonno la penserebbe diversamente.»

Con quella frase riesce a zittirmi. Imbronciata e con le braccia incrociate devo sembrare davvero matura.

Rimane in silenzio fino a quando accosta accanto al marciapiede.

«Lo so che le donne possono votare» dice. «Sono stato in un Paese in cui non potevano. Ho lottato per la libertà ed ero anche disposto a morire per quell'ideale.»

Sbuffo.

Poggia la mano sul mio ginocchio per attirare la mia attenzione. «Ad alcuni dei miei amici è successo.»

La mia stronzaggine va via di colpo.

«Mi dispiace...» I miei occhi, in quel momento, si riempiono di lacrime. L'ho fatto di nuovo. Ho offeso quel bellissimo uomo la cui unica colpa è stata quella di cercare di aiutarmi.

«Va tutto bene, piccola» dice dolcemente. «Non lo sapevi.»

«Sto passando un brutto anno» rispondo.

«Lo capisco. Sai che ti dico? Andiamo a cena domani sera. Potremo parlare, conoscerci un po'.»

«Okay» accetto.

Solo a pochi metri di distanza dalla porta di casa realizzo che ho appena accettato di uscire con Devil Dog Dane.

2

La mia mente è ancora scossa da quanto davvero mi piaccia prendere ordini dal Marine mentre sgattaiolo in casa, sentendo la nonna chiamare il mio nome.

«Sei ancora sveglia?» entro nel salotto trasformato in camera da letto, disfacendo il mio chignon.

La nonna non è solo sveglia, ma sembra stare sull'attenti. «Non mi perderei i gossip per nulla al mondo. Vieni qui, bambina, raccontami tutto.»

Passo l'ora successiva a descriverle ogni dettaglio della mia serata. Ogni volta che cerco di farla breve, così da poterla capacitare a riposare, lei ribatte con una domanda, probabilmente nel tentativo di immaginare perfettamente l'intera scena. Le racconto addirittura del poster che mi ha mostrato Dane, e dell'incontro ravvicinato con i due ragazzini amoreggianti.

Nonna annuisce. «La prossima volta, fatti portare nell'abitacolo del custode. È spazioso e c'è una panca...»

«Nonna!»

Mia nonna è seduta con la schiena dritta nel suo letto

medico, con un sorriso angelico in volto e un luccichio diabolico negli occhi. «Anch'io sono stata giovane, Cassandra. E il momento in cui ho messo gli occhi addosso a tuo nonno...»

Mi appoggio al bordo del suo letto. «Racconta.»

Con quel sorriso angelico ancora stampato in faccia, nonna sposta la coperta, scoprendo l'album fotografico che stava guardando nel momento in cui ho fatto ingresso nella stanza: quello del suo matrimonio.

«Il mio William voleva solo due cose: servire il suo Paese e sposare me. Ci siamo fidanzati al liceo, e il resto... beh, è storia.» Nonna volta la pagina dell'album, mostrandomi la mia foto preferita di lei e nonno – uno scatto in bianco e nero davanti alla chiesa. Nonna era raggiante, con quel bouquet di margherite tra le mani. Nonno, invece, era così giovane ed entusiasta, ma le sue spalle ben piazzate trasudavano una determinazione e un'autorità più grandi dei suoi anni. «Ci sposammo poco prima che partisse per l'addestramento. Poi andammo in luna di miele, dopodiché partì per la guerra.»

«Dev'essere stato difficile.»

«Lo era, ma tuo nonno mi disse che ci saremmo riusciti.» Le sue dita tracciano un cerchio attorno il viso di nonno.

Ridacchia. «Bill era un bulldog, in tutto e per tutto. Testardo, determinato. Lo chiamavano Brass Bill. Brass Palle Enormi Bill.»

«Nonna!»

Entrambe scoppiamo a ridere finché noto che gli occhi di nonna si sono inumiditi. Così le porgo un fazzoletto.

«Oh, quanto mi manca...» Nonna sbatte le palpebre per ricacciare le lacrime e cerca di mostrarmi un sorriso. «Lo sai che sarebbe fiero di te.»

È il mio turno, adesso, di commuovermi. «Davvero?»

«Oh, sì: eri la luce dei suoi occhi.»

Il dolore mi colpisce al cuore come un dardo. «Nonna, l'ultima volta che nonno voleva portarmi al VFW...»

«Avete litigato duramente, lo ricordo. È stata la notte in cui sei andata via.»

«Me ne vergogno così tanto...»

«Perché, tesoro? Dovevi fare da sola le tue scelte.»

«Ma il litigio...»

«Oh, quello.» Scuote la mano. «È ovvio che lo avreste fatto: tu e tuo nonno siete uguali, entrambi testardi. Avrebbe detto la prima cosa gli fosse passata per la testa, senza pensare a quanto mi sarei arrabbiata.» Sorride, ricordando quel particolare. «Certo, si sentiva sia tuo padre che tuo nonno, dato che non hai mai visto il tuo padre biologico.»

Annuisco. Anche il mio cervello rimane in silenzio davanti alla certezza di mia nonna.

«William voleva proteggerti, ecco tutto. Eravamo le sue ragazze, e si sa, i militari adorano prendersi cura delle loro donne.»

«Già» constato sottovoce, pensando a Dane, che era rimasto al mio fianco per tutta la sera.

«Allora» dice nonna ambiguamente. «Che mi dici di Dane Hutchinson?»

«Cosa?»

«Beh, è un militare, uno tosto. Scommetto che Chad non reggerebbe il confronto.»

«Sono molto diversi.»

I miei pensieri si dirigono verso il mio esile e snob ex. Chad preferisce prepararsi e curarsi nei minimi dettagli. Quanto a Dane, non esistono polo abbastanza grandi da coprire quel petto e quei bicipiti enormi. In realtà, è un peccato che un uomo simile debba andare in giro vestito.

Dentro di me, la mia parte più profonda si contorce.

Non farti illusioni, mi rimprovera il mio cervello.

Come se avesse potuto leggermi nel pensiero, nonna mi stringe la mano.

«Non venderti per così poco, Cassandra. Meriti un matrimonio meraviglioso quanto il mio.»

«Nonna...»

«Promettimi che darai a te stessa la possibilità di essere felice.»

Sospiro. Nemmeno gli ordini di Dane Devil Dog possono competere con quelli di mia nonna. Comunque fosse, divorzierò da Chad molto prima dell'estate. «Prometto.»

IL GIORNO DOPO, mi maledico per aver ubbidito a testa bassa agli ordini del Marine.

«È solo una cena» dico a me stessa mentre cerco qualcosa da indossare. Solo una pietosa cena. Probabilmente la nonna lo aveva obbligato, anche se una parte di me spera non sia andata davvero così.

Mi decido per una camicetta e una gonna svolazzante che, dopo essere stata troppo stretta, era tornata a fasciarmi magnificamente. Il telefono squilla proprio mentre sono in bagno a truccarmi alla meglio. Credendo fosse Dane, rispondo senza controllare lo schermo.

«Hai avuto I documenti?»

«Ciao anche a te, Chad.»

«Cass», dice il mio ex. Odio essere chiamata Cass. Cassie mi va bene, anche Cassandra, ma nessuno lo usa, eccetto nonna. «Smettila di fare la difficile.»

Lascio scappare un sospiro. «Sì, li ho avuti. Quand'è che

mi lascerai entrare in casa tua per prendere la mia roba? Alcune di quelle cose sono mie, Chad. Sii onesto.»

Non so come sia successo di preciso, ma Chad mi ha cacciata fuori di casa nonostante sia stato lui a tradirmi. Mi sono piegata al suo volere, probabilmente perché, a quel punto della relazione, speravo di riuscire a convincerlo a lavorare sul nostro matrimonio.

Stupida, patetica me.

«Firma I documenti e ne parleremo» rispose.

Una settimana prima, avrei ceduto. Avevo passato così tanti anni a fare qualsiasi cosa mi avesse chiesto quell'uomo che non riuscivo più a far sentire la mia voce. Ma ora, con Devil Dog che mi aveva detto di supportarmi e mi guardava come se fossi la cosa più importante del suo universo, mi sento forte. Forse non sono mai stata davvero la grassa vacca che Chad aveva scaricato.

«Chad, credo che prima dovremmo sederci e parlarne. Non da soli, ma con un mediatore o qualcuno di esterno. Non deve per forza essere uno scontro legale.»

«Dimentichi che sono un avvocato, Cass. Conosco i miei diritti e tu non puoi farci nulla al riguardo. Sei fortunata che ti abbia lasciato tenere la macchina, visto che è intestata a me.»

«Ma l'ho pagata io» rispondo. «Ho messo io i soldi sul conto congiunto—»

«E chi ha versato la maggior parte di quei soldi? Tu e le tue pratiche di contabilità per dieci clienti, o io?»

Rimango zitta, dato che ha ragione. Una volta laureatosi in legge, ha cominciato a guadagnare il triplo di quello che portavo a casa io.

«Firmali e basta» grugnisce, per poi attaccare.

Poso il telefono, con le mani che tremano troppo forte per applicare un secondo strato di mascara. Com'è possibile che un affascinante liceale, un fattone così sexy al college potesse trasformarsi in un tale coglione?

Otto anni di matrimonio con te, risponde il mio cervello. Mi fa male non avere nessuno dalla mia parte, incluso il mio stesso dannato cervello. Ho bisogno di qualcuno che lotti per me. Qualcuno che non sia un ottantenne – che, ovviamente, sta facendo del suo meglio per supportarmi.

Almeno con Dane mi sento più viva.

«Cassandra, il tuo bello è qui.»

«Arrivo!»

Bello?

Corro verso la porta aggiustando le pieghe della gonna prima di aprirla. Mi sento come una ragazzina al suo primo appuntamento, ma la scrutata che Dane mi rivolge da capo a piedi, dietro i suoi occhiali specchiati – seguita da un mezzo sorriso bagna-mutande – rende valide quelle ore di preparazione.

«Allora ho preso la giusta decisione, prendendo la Charger» mormora mentre mi accompagna verso la sua auto grigia, la cui vista avrebbe messo qualsiasi ragazza dell'umore giusto per... *cavalcare.*

«Che sarebbe?»

«La bici.»

«Bici?»

«Motocicletta.»

«Motocicletta», sospiro stupita. «Per un secondo ho pensato ti riferissi a una mountain bike o qualcosa di simile.»

Mettendo in moto e sgommando lontano dal marciapiedi, Dane scuote la testa, con gli occhi increspati in un sexy accenno di sorriso.

«Che c'è?» chiedo.

«Sei carina.»

Fingo di indignarmi nonostante mi pavoneggio mentalmente del suo definirmi 'carina' in quel modo così sexy.

«Come avrei potuto sapere ti riferissi a una moto? Ti sembro una biker?»

«Non ancora, piccola, ma la prossima volta che monterai sulla sella della mia moto», dichiara, «non potrai di certo indossare la minigonna.»

«Non è una minigonna: mi arriva alle ginocchia» lo correggo, dissotterrando il mio lato stronzetto.

Lancia uno sguardo alle mie cosce, dove la gonna si è leggermente alzata.

La riabbasso. «Guida e basta» mormoro.

Le sue labbra si contraggono mentre si concentra sulla strada. «Che mi dici di te? Hai degli hobby?»

«Non molti. Lavoro molto, leggo poco.» Gli lancio uno sguardo furtivo. «La mia idea di 'bella serata' è rannic-chiarmi a letto con un film e i miei due uomini preferiti.»

Al pronunciare 'due uomini', la sua testa scatta verso di me.

«Ben e Jerry.» È il mio turno di ghignare.

Scuote la testa ma la mia battuta riesce a strappargli un sorriso completo. Ha dei denti bianchissimi.

«Sono un po' scema» gli dico.

Continua a sorridere, scuotendo la testa. «L'ho capito.»

Mi aggiusto sul sedile, sentendomi bene. «Sono una contabile» dico. «Nonno mi ha consigliato questa carriera, perché sono sempre stata brava con i numeri. E non devo parlare con le persone, rischiando di dire qualcosa di stupido.»

«Bel piano» disse solennemente, e lancio uno sguardo alle sue cosce muscolose.

In un attimo, prende la mia mano nella sua. Attendo col

fiato sospeso che la lasci andare, ma la tiene lì per qualche attimo, con il suo pollice che accarezza il dorso.

Quando la libera da quel dolce contatto, sento ancora le sue dita sulla mia pelle.

«Tu invece cosa fai?» domando, con la voce alta, quasi un falsetto. «Oltre che alzare pesi, ovviamente.»

«Porto belle ragazze al VFW.»

Vorrei poter fingere di indignarmi nuovamente, ma non sono sicura che le mie mutandine siano sopravvissute, dato che sono già zuppe. Stringo le gambe.

«Non lavoro da quando sono uscito.»

«Da quando sei uscito dai Marines?»

Annuisce. «Mio fratello voleva lo aiutassi con il suo negozio di auto. Era di entrambi, una volta. Mi paga ancora come se fossi uno dei proprietari.»

«Perché non ci torni?»

Fa spallucce. «È una cosa che ho fatto finché non mi sono arruolato. Quando mi sono congedato, ho pensato fosse meglio prendermi una pausa.»

«Perché?»

«Perché da quando sono tornato ho iniziato a bere. E questo mi ha quasi tolto la vita. Il pick-up, invece, me l'ha tolto completamente: un semaforo è riuscito a sfasciarlo. Avrei potuto morire.»

Mi congelo.

«Ci è voluto un po' per farmi tornare in piedi, soprattutto sobrio. Alzare pesi mi ha tenuto concentrato sul rimettermi in sesto.»

Avrò emesso un gorgoglio, perché mi lancia uno sguardo.

«Sto meglio, adesso. Ho comprato quest'auto proprio per festeggiare un anno di sobrietà. Vado ancora agli Alcolisti

Anonimi, però. Al VFW. E faccio un sacco di volontariato, perciò molte persone lì mi conoscono.»

«Perché mi stai dicendo tutto questo?»

«Credo che una donna abbia il diritto di saperlo, al terzo appuntamento.»

Imbocc l'uscita dell'autostrada, guidando con disinvoltura, come se non avesse appena sganciato una bomba durante la nostra conversazione.

"Vuoi dire il secondo.»

Scuote la testa, ridacchiando. «Conto anche l'incontro alla caffetteria.»

«Ma se sono corsa via!»

Il suo sorriso si apre. «Sì, invece. E so anche perché»

«Davvero?»

«Sei stata ferita da un uomo.»

Aggrotto la fronte. «Non ha nulla a che fare con quello.»

«L'hai superata?»

«Cosa?»

«La rottura col tuo ex. Tua nonna dice che non è mai stato alla tua altezza.»

Mi lascio scappare un sospiro frustrato. «Forse potresti portare nonna fuori a cena. Sembrate davvero andare d'accordo.»

«Lo farò assolutamente, quando vorrà. Ma oggi volevo te.»

Oh mio Dio, dice il mio cervello, e il mio corpo gli fa eco. Nemmeno il mio lato sarcastico avrebbe potuto fa finta di niente al modo in cui mi colpiscono le sue parole.

«Allora... dove stiamo andando?» chiedo quando riesco a prendere fiato. Mi aspettavo facesse il nome di qualche noioso ristorante fast-food.

«Uno dei miei posti preferiti.» Guida tra le montagne sopra la collina.

La Charger abbraccia la strada in curva come avrebbe fatto un amante. Trattengo il respiro mentre saliamo curva dopo curva, arrampicandoci sempre più in alto, mentre la foresta sotto di noi diventa sempre più piccola, regalandomi la vista di un panorama pazzesco della valle.

Non è giusto. Voce sexy, fisico da urlo e anche una bella macchina? Non sarei riuscita a resistere a quest'uomo.

Allora decido di fare la stronza. «Non credo ci sia un ristorante quassù.»

Accosta su una terrazza panoramica, parcheggia e scende dall'auto, fermandosi al portabagagli per prendere qualcosa. Un cestino di vimini. Un picnic su un belvedere? Era serio?

Quanto è cliché?

Un enorme, fottutissimo cliché, sbuffa il mio cinico cervello. Il resto di me stessa, però, pensa sia assolutamente adorabile.

Un'ombra si piazza davanti il mio sportello. Dane lo apre, tenendo in mano il suo cestino.

Oh mio Dio: muscoli, fuoristrada e anche galateo. Non potrebbe essere più perfetto nemmeno provandoci.

Beh, potrebbe spogliarsi, sussurra qualche parte di me. Non il mio cervello, ma un organo più in basso.

«Hai un cestino da picnic» constato mentre mi aiuta.

Ridacchia e mi porta con lui un po' più lontano, poi stende la coperta e tira fuori del cibo. Mangiamo e parliamo finché non ci stendiamo, vicini alla gastrite.

Dane si stiracchia, poi incrocia le braccia sotto la testa. I suoi bicipiti pulsano. Affascinata, noto come la sua maglietta sia andata subito su, lasciandomi ammirare I suoi addominali bassi.

«Sei tutto di marmo» mormoro.

Mi guarda con la coda dell'occhio e realizzo che sembra io gli stia fissando il pacco.

Non guardare, non guardare! Strilla il mio cervello. Poi, *Oh mio Dio... Non ci entrerà mai.*

Saltagli addosso! Mi incita il resto di me.

Le mie guance si tingono di un rosso acceso.

«Voglio dire, sei così grande... e duro...»

Dane ghignò.

«Cioè I tuoi muscoli sono grandi e duri.»

Bel salvataggio, mormora il mio cervello.

Awww, vogliamo farci una cavalcata... si lamenta l'altra parte di me.

Dane mi salva dai miei stessi pensieri, alzandosi dalla coperta e portandomi in piedi. Mi accompagna con la mano alla ringhiera al bordo del belvedere e mi posiziona davanti a sé. Il mio battito cardiaco arriva a un milione e trecento, ma l'unica cosa che fa è cingermi I fianchi con le sue braccia e poggiare il mento sulla mia testa.

Guardiamo il tramonto in quella posizione. Beh, lui lo guarda: io lo fisso senza riuscire a vedere nulla, consapevole delle braccia di Dane intorno a me.

Respira, Cassie. Continua a respirare, hai bisogno di ossigeno, ansima il mio cervello.

Ogni nervo del mio corpo è teso come una corda di violino. Il desiderio fluisce nelle mie parti basse e so che anche il minimo tocco potrebbe mettermi fuori gioco.

«È bellissimo» dico finalmente, timorosa di rovinare il momento, ma dovevo dire qualcosa. Il cuore mi galoppa in petto, così forte che sono sicura anche lui possa sentirlo.

«Mhmh.»

Circondata dal suo calore, mi viene facile dimenticare il grande casino che è la mia vita, il mio nervosismo durante quell'appuntamento e addirittura il mio stesso cervello, rimasto in silenzio davanti a un momento così bello.

Proprio come nella sala, Dane sembra sapere come calmarmi.

È così perfetto che mi fa quasi paura. Mi vengono i brividi.

«Freddo?»

Si tira indietro e poggia la sua giacca sulle mie spalle. È una mossa tipica di mio nonno, per questo le lacrime mi inumidiscono subito gli occhi.

«Grazie» dico, sperando non si accorga del nodo che ho nella gola nel tentativo di non piangere.

«Non c'è di che, piccola.»

Mi volto verso di lui, ma senza guardarlo negli occhi. «No, davvero. È stato, um... davvero carino da parte tua.»

Sposta una ciocca di capelli dal mio volto. «È stato un piacere, per me.»

Penso che mi bacerà di qui a poco, e invece mi prende la mano e mi conduce di nuovo alla macchina per riportarmi a casa. Una parte di me avrebbe voluto allungarsi e mettere una mano sul suo... joystick.

È il nostro terzo appuntamento, del resto.

Quando si fa, di solito? Non uscivo con qualcuno dai tempi del liceo. Essere lasciati dal proprio amore adolescenziale dopo otto anni di matrimonio per la ragazza con cui ti tradiva dal college non è la cosa migliore per l'autostima di una ragazza. Non sono una strafiga, ma nemmeno tanto male da far rivoltare lo stomaco. Non avevo molta sicurezza, al liceo, né grandi sogni o idee. Ero una semplice ragazza con un diploma da contabile, contenta di nascondersi dietro i fascicoli e di vivere una vita tranquilla.

Chad, invece, voleva cose sempre più grandi e più belle. Aveva quella fame che andava ben oltre una casa grande con un bello steccato bianco. Mi faceva sentire piccola e noiosa, di continuo.

Girando in quel fuoristrada, con l'uomo dei miei sogni, non mi sento più così.

Tranne per il fatto che Dane non ha rischiato. Non sarebbe stato un momento perfetto per un bacio?

Forse non è attratto da me. Mi fa i complimenti, ma forse si tratta solo di gentilezza. Analizzo ogni dettaglio in modo quasi ossessivo.

Se non pensa io sia attraente, allora perché sta facendo tutto ciò?

Faccio un'ipotesi terribile, e la ricaccio nei meandri del mio cervello.

Accosta al marciapiedi e nessuno di noi due si muove. Cerco di ricompormi per chiedergli se sia tutto vero, ma ho paura della verità.

«A cosa pensi, Cassandra?»

Oh Dio, quella voce, così dolce ed esigente allo stesso tempo.

«Te l'ha chiesto nonna?» cerco di indurire il mio tono.

«Cos'è che te lo fa pensare?» si toglie gli occhiali e i suoi occhi marroni incontrano i miei.

«Rispondi e basta.» Con le lacrime sotto controllo, lo guardo fisso. «Non ho bisogno di pietà.»

«No, piccola» dice, con la voce più dolce e gentile dell'universo. «Sono stato io a volerlo.»

Lo fisso, con la voglia di credere alle sue parole.

«La signora Maddie, però, mi ha detto dove poter comprare un cestino da picnic» aggiunge inclinando la testa.

«Okay.»

«Perché credi che non sarei voluto uscire con te?»

Faccio spallucce, incapace di rispondere. Se aprissi la

bocca, gli argini si romperebbero e non riuscirei più a contenere le lacrime.

«Ti fa ancora male. Potrà volerci un po'.»

«Mi dispiace» sussurro.

«Va tutto bene, piccola. Sto cercando di non correre troppo. La verità è che mi sono pentito di averti lasciata andare via da quella caffetteria.»

«Cosa?»

Si sporge e mi aggiusta una ciocca di capelli mettendomela dietro l'orecchio. «Non sarebbe stato giusto... un ragazzone come me che correva dietro una ragazza in fuga, ma...» scuote la testa. «Non ti avrei mai lasciata andare.»

Le sue parole mi scaldano, dandomi il coraggio di sputare tutto fuori. «Ci proverai mai con me?»

Senza un secondo di pausa, si sporge verso di me, poggiandomi una mano dietro la nuca, e mi avvicina a lui per reclamare le mie labbra.

La sua bocca è soffice e dolce ma, combinata con la sua lingua, sembra vorace, convincendomi a lasciarmi alle spalle ogni traccia di esitazione, anche il pensiero che non sia attratto da me. La sua mano sulla mia nuca, la sua lingua che esplora la mia bocca.

Poi ruppe il contatto.

«Whoa», sospiro, guardando I suoi occhi socchiusi.

Mi tocca le labbra con un dito.

«Notte, piccola. Ci vediamo domani.»

«Okay.»

«Vengo a prenderti alle sette», continua. «Metti dei jeans.»

IL GIORNO DOPO, sento il rombo di una motocicletta prove-
nire dall'esterno di casa, e capisco perché Dane mi ha
chiesto di indossare I jeans.

Controllo capelli e trucco un'ultima volta, frettolo-
samente.

«Cassandra, Dane è qui per te» mi chiama nonna
proprio nel momento in cui il mio cellulare vibra a causa di
un messaggio: «Marciapiedi.»

Devil Dog Dane, uomo di molte parole.

Ovviamente, ogni volta che parlava, mi faceva impazzire.
Forse è un bene che sia io la chiacchierona nella relazione.

Relazione? Il mio cervello emette uno stridio. Accantono
il pensiero, scendendo in fretta le scale per salutare nonna
con un bacio. «Non aspettarmi sveglia.»

«Penso che quel ragazzo abbia un debole per te.» Nonna
mi strizza l'occhio.

Mentre percorro a lunghe falcate il percorso che mi
separa dal marciapiedi per arrivare dal magnifico uomo con
le spalle grosse che non riesce a togliermi gli occhi di dosso,
penso che 'debole' non è il modo giusto per definire quella
sensazione. Sarebbe stato meglio 'voglia di scoparmi anche
il cervello'.

O almeno spero sia così.

Avvicinandomi, Dane mi lancia il suo sguardo accompa-
gnato da quel mezzo sorriso sexy. Il suo corpo torreggia
sulla moto, potente e disinvolto.

«Ciao», dico, già senza fiato, e lui mi premia con un
occhiolino, porgendomi un casco.

Una volta salita sulla moto e sistematami sulla sella, mi
prende I polsi e ci cinge I suoi fianchi.

«Tieniti, piccolo.»

Mi stringo contro la sua schiena, beandomi del profumo
del suo bagnoschiuma. Preso un po' di coraggio in più, infilo

le mani sotto il suo giubbotto e affondo le mani sulla sua soffice t-shirt. I suoi addominali si flettono sotto le mie mani mentre raddrizza le ruote con il manubrio.

«Pronta?» chiede, e io stringo le braccia attorno a lui.

Quando parte, mi sforzo di non urlare dalla felicità. Mi tengo a lui per tutto il percorso, godendomi il suo corpo sotto le mie mani e la vibrazione tra le mie gambe. Il rombo della moto mi percorre interamente. Quando accostiamo davanti al suo appartamento, le mie mutandine sono fradicie, perciò penso che quella passeggiata sia stata il miglior preliminare di sempre.

Dane mi aiuta a salire le scale con le gambe tremanti, con la sua mano sulla mia schiena, come al solito. Mi sento piccola e indifesa vicino al suo fisico così imponente.

Il mio cuore sta galoppando dall'eccitazione quando faccio ingresso in casa sua. Per un uomo che vive lì da due anni, quelli erano davvero pochi mobili.

«Ti sei appena trasferito?» chiedo dopo aver dato un'occhiata a quello spazio così vuoto e pulito.

«No.» Chiude la porta e le sue mani finiscono sul mio sedere, guidandomi in avanti attraverso il soggiorno per raggiungere il bar, evitando gli sgabelli della cucina.

«Ti stai trasferendo?»

«No.»

«Allora dov'è tutta la tua roba?»

«Lì, e lì.» Indica un incredibile set di pesi nell'angolo, all'opposto di una poltrona in pelle e un'enorme TV a schermo piatto. «Eccola.»

«Scusa.» Mi rimprovero mentalmente per essere stata rozza. «È solo che sembra che non viva nessuno qui.»

Mi lancia un mezzo sorriso. «Vuoi decorare tu casa mia, piccola?»

Mi rianimo. Sono anche abbastanza brava in quello. Lui

ridacchia e realizzo che probabilmente stava scherzando. Ma... avrei potuto avere della roba che avrebbe reso migliore quel posto così spartano, se Chad mi avesse permesso di rientrare in casa per prenderla.

Dane si avvicina al frigo. «Acqua?»

Annuisco, aggiungendo dei mobili nella mia testa, e dandomi uno schiaffo mentale quando realizzo che sto immaginando il mio divano e le mie sedie in quel soggiorno, e I miei quadri sulle pareti. *Rallenta, ragazza.*

«Almeno compra dei libri per la libreria», indico le mensole vuote accanto al set di pesi. «Voglio dire... È un po' triste.»

«Suppongo tu non ti diverta abbastanza» aggiungo.

Alza un sopracciglio, e penso che, probabilmente, abbia donne in giro per casa per tutto il tempo. «Cioè, non sono fatti miei» mormoro, balbettando. Le mie guance diventano rosse. «Sono sicura tu abbia molta... um... compagnia.»

I suoi occhi socchiusi diventano un sorriso a trentadue denti, nascosto per metà dalla bottiglia.

Probabilmente è così, penso nello sconforto. Avrebbe potuto schioccare le dita e avere una ragazza diversa ogni notte.

Come gli avrei detto che non faccio sesso da un bel po'?

Se le cose vanno come voglio, lo scoprirà presto.

Probabilmente sarai un panorama molto strano e molto brutto, sentenzia il mio cervello. *Molto più del solito.*

Dane posa il suo drink sul bancone con un tonfo, strappandomi dai miei pensieri deprimenti. «No», risponde.

«No?»

«Non ne ho molta. Ho smesso di uscire con qualcuno quando ho deciso di ripulirmi e smettere di bere.»

«Cosa?»

«È un anno che non esco con qualcuno.»

Spalanco gli occhi. Nessun appuntamento... significava niente sesso? Per un uomo come lui, imbevuto nel testosterone, sarà stato un inferno...

Come se avesse potuto leggermi nel pensiero, Devil Dog Dane inizia ad avvicinarsi a me, come se avesse voluto mangiarmi.

Mi congelo come un coniglio finito nel mirino di un lupo. Approfitta della mia esitazione, prendendo la bottiglia dalle mie mani e mettendola da parte. Le sue mani si ancorano ai miei fianchi e mi attirano a sé, abbastanza vicino da sentire il profumo del suo dopobarba.

Mi scappa uno squittio.

L'angolo della sua bocca si alza. «Rilassati, Cassie.»

Mi faccio un po' più indietro, in un disperato tentativo di mantenere il sangue freddo. Il mio cuore galoppa e il mio cervello urla "respirate, maledizione!" ai miei polmoni.

«Aspetta» aggrotto la fronte. «Mi hai appena chiamata Cassie.»

Con una mano ancora sul mio fianco, usa l'altra per mettermi una ciocca di capelli dietro l'orecchio. Mi guarda così intensamente che penso che le mie guance stiano per prendere fuoco dall'imbarazzo. «Hai detto che solo tua nonna ti chiama Cassandra.»

«E tu» insisto, poi realizzo che è la cosa peggiore da dire se avessi voluto andarci piano. Un intenso calore riempie i suoi occhi; si inclina e mi bacia.

I miei capezzoli si inturgidiscono e le mie mutandine si bagnano ancor di più nell'esatto momento in cui le sue labbra si poggiano sulle mie.

Mi sento stordita come se fosse stato il mio primo bacio in assoluto.

Le sue labbra giocano con le mie e io ci sospiro sopra,

inarcando la schiena mentre le sue mani raggiungono i bottoni della mia camicetta.

Realizzo che mi ha fatta retrocedere fino al bancone.

Lo fisso quando mi morde delicatamente le labbra per l'ultima volta.

E adesso? Farfuglia il mio cervello.

Leccalo! Saltagli addosso! Urla il mio corpo in preda al desiderio.

Le sue mani grandi afferrano il mio sedere, massaggiandolo dolcemente. Le mie mutandine sono ormai fradice quando mi alza per farmi sedere su uno sgabello, così da poter approfondire il bacio. La mia intimità sembra prendere fuoco e devo sforzarmi per non cingergli i fianchi con le gambe e strusciarmi contro di lui.

Le nostre labbra si separano, ma Dane tiene la sua fronte contro la mia mentre io trattengo il respiro. Dentro di me c'è un turbinio di sensazioni meravigliose, mi sento sul punto di esplodere.

Ma, come al solito, la mia bocca sfugge al mio controllo.

«Ti batto, comunque» dico.

«Mmm?»

«Sono quasi due anni che non faccio sesso.»

Sorride sulla mia bocca. «Beh, penso tu abbia bisogno di un po' di manutenzione.»

Rido senza fiato. «Un tagliando annuale? Un cambio di gomme? Un controllo dell'olio?»

«Mmm.»

«Beh, il mio motore è assolutamente--»

La sua bocca scivola sul mio collo e dimentico come parlare. Produco ancora suoni, piccoli sospiri e gemiti che contrastano con l'aggressività delle sue labbra sulla mia pelle. Infila le dita tra i miei capelli per inclinare la mia testa all'indietro, cercando il mio collo per baciarlo e succhiarlo.

Le sue mani mi muovono per soddisfare i suoi desideri, per spostarmi come e dove lui vuole, ma lo fanno con incredibile delicatezza, nonostante la sua forza. Quando raggiunge le clavicole, penso che le mie ossa siano diventate gelatina.

Mi alza di nuovo prendendomi in braccio e mi porta nella sua camera da letto, con ancora le sue labbra sulle mie, con i suoi baci che chiedono al mio corpo di lasciarsi andare.

Le mie mani si aggrappano alla sua maglietta, pronte a rimuovere qualsiasi cosa separi la nostra pelle.

Mi stende sul letto e inizia a lasciare una scia di baci verso il basso. Faccio un gemito di protesta, cercando di afferrarlo con le mani.

«Dane—»

Mi posiziona al bordo del letto e divarica le mie gambe. Lo fisso, sul punto di avere un mini orgasmo alla sola vista di Devil Dog Dane in ginocchio davanti a me con il viso tra le mie gambe.

«È l'ora della cena» dice con la voce più sexy del mondo, e giuro che il mio cervello sta per esplodere.

Per un attimo fatica a sbottonarmi i jeans, ma poi decide di abbassarli con la forza, accompagnando il gesto con un grugnito seccato.

Mi sento un po' a disagio con lui laggiù, con gli occhi allo stesso livello delle mie mutandine. Mi bacia le gambe e rimane a baciarmi l'interno coscia per un po', con le sue dita possenti che mi accarezzano il bordo delle mutandine.

Le fa scivolare sulle mie gambe e le lancia sul pavimento.

«Aprile per me, piccola.»

Ubbidisco con un gemito.

Ha un luccichio diabolico negli occhi mentre si riposiziona tra le mie gambe. Poi la sua bocca scivola su di me e mi perdo per un attimo. Ad un tratto le mie gambe iniziano a chiudersi ma lui le tiene ferme, ben divaricate, con i muscoli tesi sotto la maglietta mentre la sua bocca lavora su di me.

Quel movimento così potente mi porta quasi al limite.

Si sposta un po' più indietro e lecca con la punta della lingua il mio clitoride, per poi riavvicinarsi e succhiare più forte.

E il mio cervello esplode davvero sotto quella sensazione così forte. È troppo, davvero.

Le mie mani lo cercano per fermarlo, afferrandosi ai suoi capelli, ma lui mi prende I polsi e li fissa accanto alla sua testa.

«Oh, wow», ansimo. Qualcosa nell'essere obbligata a rimanere ferma mi manda in estasi. Il mio cervello si spengne, i miei sensi prendono il sopravvento, e le sensazioni che Dane riesce a creare dentro di me mi mandano in un altro mondo.

Urlo il suo nome quando vengo.

Gli spasmi sono quasi finiti quando Dane torreggia nuovamente su di me. Sento lo spiegazzare di un preservativo, poi entra dentro di me e quello segna il momento di un altro round di piacere.

Un po' di tempo dopo, sono sdraiata su un letto di lussuria quando suona il campanello. Faccio per alzarmi ma lui mi frena con una mano sul culo.

«Stai qui, piccola» Dane mormora, prima di indossare di nuovo I jeans e dirigersi fuori dalla stanza per pagare la pizza.

Nel tentativo di riprendermi, do uno sguardo attorno a

me. La camera di Dan è come il resto della casa, pulita, con solo il necessario: in questo caso, un letto matrimoniale.

Gli lancio un mezzo sorriso quando lo vedo di ritorno, con una pizza e un rotolo di tovaglioli tra le mani.

«È possibile morire per troppo piacere?»

«Non lo so, piccola» dice, sporgendosi per baciarmi prima di servire la pizza. «Mangia prima, e poi lo scopriremo.»

Felice tra le lenzuola, con la promessa di altro a venire, mi distraggo un po'.

Dane mangia come se avesse cucinato lui, attentamente e con delicatezza. È seduto ai piedi del letto mentre io sono spaparanzata tra i cuscini. Qualche volta la sua mano mi accarezza possessivamente la caviglia: quel gesto invia delle vibrazioni positive alle mie parti intime. Anche il mio cervello è felice.

«Ti è piaciuta la passeggiata in moto?»

«Adoro la tua moto», gli rispondo. «È come un vibratore gigante.»

Ridacchia.

«Ho deciso che ne prenderò una. Sono seria. Non la guiderò nemmeno in strada.»

«Comprerai una moto e non la guiderai?»

«Oh, la guiderò. Mi ci siederò su nel garage per andare nel mio posto felice.»

La sua risata profonda gli scuote le spalle larghe. Lo guardo, piena di pizza e felicità.

Poi smette di ridere con l'ultima fetta. «Piccola, non hai bisogno di una moto. Quando hai voglia, chiamami e ti darò tutti gli orgasmi che vuoi.»

«Oh, wow.» Mi rotolo fino al bordo del letto per raggiungere I miei jeans.

La sua mano mi blocca la caviglia. «Dove stai andando?»

«A ripulire» indico il cartone della pizza.

«Non stasera, piccola.» Il suo sorriso rende quell'ordine più dolce. «Stasera sei mia. E rimani nuda a letto.»

Vado in estasi.

Svengo quasi quando si alza dal letto per stiracchiarsi, con I muscoli delle braccia ben visibili e quel petto fantastico. Raccoglie la nostra immondizia e varca la soglia della porta, regalandomi il panorama della sua meravigliosa schiena.

Quando non lo vedo più, per un po' riesco a respirare di nuovo.

Faccio finta di perdere i sensi nel bel mezzo del letto e affondo nel piumone, sentendomi leggermente in imbarazzo. Il corpo di Dane è perfetto, ma il mio... beh, il mio non lo è. Almeno la luce della camera è soffusa.

La coperta si impiglia in qualcosa sotto il letto e io mi sporgo in basso per liberarla. La mia mano scopre un libro.

«Un altro drink, piccola?» urla Dane dalla cucina.

«Ovvio» rispondo, prendendo il libro.

Quando Dane torna in camera, lo guardo con sguardo colpevole, ma non mi preoccupo di nascondere il mio materiale da lettura. Il libro è posizionato sul mio grembo, aperto su una pagina sulla quale troneggiava una sola immagine: una donna, nuda, con indosso solo una corda viola che le accarezzava le forme. Sembrava a suo agio, con le braccia legate dietro di lei e la corda incrociata sul suo petto. Sulla seconda pagina, aveva un divaricatore tra le gambe.

«Allora un libro ce l'hai.»

Dane rimane sulla porta, scrutandomi attentamente.

«Hai mai legato qualcuno in questo modo?» indico la donna.

Un leggero cenno con la testa. Sì. Sembrava stesse aspettando che mi alzassi per scappare via urlando. Il mio cervello lo ha già fatto. Il mio corpo, però... lui è curioso.

«Penso mi piacerebbe provare» dico. «Anche se ho paura di prendermi un raffreddore.»

Con gli occhi inchiodati su di me, accende il riscaldamento.

Il mio cuore inizia a galoppare.

Con una sola falcata raggiunge i piedi del letto, cerca qualcosa al di sotto e ne tira fuori delle manette nere, per poi dirigersi all'estremità opposta per fare lo stesso.

In quel momento, il mio cuore si ferma.

Prende il libro dalle mie mani e lo tiene tra le sue. «Pensi che ti piacerà?»

«Forse.»

«Possiamo provare. Sfoglialo e scegli le tue preferite.»

«Oddio»

«Cassandra. Respira.» Sposta il libro e si accovaccia davanti a me. «Ti piace questo genere di cose?»

Deglutisco aria prima che la mancanza di ossigeno possa spegnermi il cervello. «Mi piace quello vaniglia» dico, alla fine. «Ma gli altri gusti non sono male. Nemmeno gli zuccherini.»

Ridacchia. «Va bene, piccola. Possiamo procurarceli.»

Il mio battito cardiaco frena bruscamente. «Cosa? Adesso?»

«Adesso, più tardi. Quando sarai pronta, piccola. Basta dirlo.»

È ancora inginocchiato davanti a me, con lo sguardo sui miei occhi, stringendo il suo enorme corpo in quel piccolo spazio, come se stesse facendo il suo meglio per non intimidirmi.

È un così bravo ragazzo...

Posa il libro sul letto, con una mano al centro per tenerlo

aperto. «Devi promettermi solo una cosa. Dovrai essere onesta con me. Giocherò con te, se vorrai, ma funzionerà solo se sarai aperta alle cose che ti fanno sentire a tuo agio.»

Sbuffo. «Dane, siamo seri. Quand'è che sono rimasta zitta?»

«Diventi silenziosa quando ti senti vulnerabile.»

Quelle parole mi mettono come in pausa. Era vero?

«Promettimi che mi parlerai, mi dirai come ti senti.»

«Prometto.»

«Bene.»

Per mio grande sollievo, non inizia subito. Invece, si accomoda con la schiena poggiata alla spalliera del letto, posizionandomi tra le sue gambe. Guardiamo entrambi il libro, mentre io parlo di cosa mi sarebbe piaciuto o cosa no. Lui mi mormora «Okay, piccola», all'orecchio.

Giunti alla fine del libro, sono ormai pronta ad accontentare qualsiasi suo desiderio.

Devo fare pipì, così, una volta detto, mi lascia andare. Mi porto dietro il lenzuolo, avvolto intorno al mio corpo, poi, con una mossa azzardata, prendo la sua maglia e la indosso. Essendo di una taglia adatta per un uomo come Dan, il tessuto mi copre il sedere. Ho vestiti molto più corti di quella t-shirt.

Quando esco dal bagno, mi sta aspettando.

«Dane?»

«Sei pronta, piccola?»

«Sì.»

Le sue mani raggiungono il mio collo, stringendolo leggermente. Mi bacia, poi mi dirige all'indietro verso il muro e continua a baciarmi. Lascio cadere le mie mani sulla parete per darmi completamente a lui, che con le mani sotto la maglia esplora la mia pelle.

Fa una pausa e poggia la fronte contro la mia. «Cassandra... Sei così fottutamente bella.»

«Dane...»

«È tutta la notte che voglio farlo», grugnisce, poi mi rigira così da far finire il mio viso contro il muro. Mi divincolo, ma lui subito mi sculaccia forte, poi massaggiandomi il punto sul quale aveva posato lo schiaffo. Quel movimento viene ripetuto, non così forte da farmi male, ma abbastanza da rendermi debole. Schiaffo, carezza, schiaffo, carezza, e il mio cervello spegne l'interruttore mentre il mio corpo si rilassa in risposta alla sua dominanza.

Sussulto quando fa scivolare la sua mano tra me e la parete, sotto la maglietta, per masturbarmi. Io mi struscio contro le sue dita.

«Apri» ordina, ed io ubbidisco divaricando le gambe, non volendo dargli motivo per interrompere quel meraviglioso movimento tra le mie cosce.

Sussurra al mio orecchio intanto che le sue dita mi regalano piacere. «Come vedi, mi piace tenere il controllo.»

«Davvero?» rispondo senza fiato.

«Oh sì. In realtà, piace anche a te.»

I miei fianchi si muovono contro la sua mano, quasi pregandolo di toccarmi.

«Farai la brava bambina per me? Mi darai quello che voglio?»

La mia eccitazione raggiunge il 101%.

«Che cosa vuoi?» Il mio tono di voce è alto, somiglia a un gemito.

«Voglio te, Cassandra. Ti voglio tutta» mormora contro la mia tempia. «Quindi, ti darai a me?»

«Sì.» Chiudo gli occhi per concentrarmi sulla sensazione delle sue dita che lavorano tra le mie gambe.

«Mi darai la tua bella figa?» Il suo membro struscia sulle mie natiche mentre inarco la schiena il più possibile, pressando il petto contro la parete. Trova il mio punto debole e i miei fianchi assecondano la sua mano.

«Questa è mia, adesso» mormora, il suo indice che massaggia il mio clitoride. «La possiedo. Quando vorrai toccarti, dovrai chiedermi il permesso. Capito?»

«Sì» sussulto. Qualsiasi cosa pur di lasciar continuare quel movimento meraviglioso.

«Sono serio. La prossima volta che vorrai masturbarti, dovrai mandarmi un messaggio per chiedermi di toccare questa bella figa.»

«Sì, Dane.»

«Bene, piccola.»

Le sue dita si inoltrano più in fondo e io mi aggrappo alla parete.

Mi blocca di nuovo, fissandomi i polsi sulla testa con una mano mentre l'altra continua a masturbarmi. Il suo tocco si impadronisce della mia intimità, e i suoi occhi si tengono sui miei intanto che mi porta al limite.

«Di chi è questa figa?» chiede, sculacciandomi con l'altra mano. «Rispondi.»

«È tua, Dane» sospiro, quasi in estasi.

«Vieni per me» mi ordina, e il mio corpo si struscia contro la sua mano. Stavolta le mie gambe non tengono, così mi prende in braccio e mi stende sul letto.

Mi aspettavo iniziasse a legarmi, ma invece si stende dietro di me e mi avvicina a lui, con la mia schiena rivolta verso il suo volto, il mio piccolo corpo dominato dal suo.

«Ti è piaciuto, piccolo?»

«Oh, sì.»

Ridacchia vicino al mio orecchio.

Passo qualche minuto in quella posizione, nell'attesa di riprendermi.

«E tu?» scuoto il mio sedere strusciandomi sulla sua lunghezza indurita.

«Ti voglio» dice con un'onestà tale che il cuore mi cade sulle ginocchia. «Ma voglio essere sicuro che siamo entrambi sulla stessa frequenza.»

«Qual è questa frequenza? Quella in cui la donna è legata con la corda viola?»

Ride dolcemente, mi fa rotolare sulla schiena e torreggia su di me, tenendosi la testa con una mano, il gomito contro il materasso.

«Può diventare abbastanza forte. Voglio essere sicuro tu ti senta a tuo agio. Esiste una parola: se la pronunci, mi fermo immediatamente.»

«Okay.»

«È davvero importante. Se la dici, rispetterò la tua volontà. Mi fermerò, parleremo e ripartiremo da zero. Questo vale per il vaniglia, il cioccolato, gli zuccherini e così via. Capito?»

«Capito. Qual è la parola?»

«Ammaccabanana.»

Ridacchio.

«Sono serio.»

E lo è, anche se ha stampato il suo solito mezzo sorriso sul volto. «Se la sento, fermo tutto. Non mi dispiacerà. Se le cose sono troppo intense, puoi dire 'giallo': io rallenterò.»

«Ammaccabanana? Non ci metteremo a ridere e distruggeremo l'atmosfera?»

«Ridere fa bene, piccola. E poi, questo dovrebbe essere divertente.»

Mi piace. «Va bene.»

«Se hai paura, se vuoi rallentare, pronuncia la safeword o 'giallo'. Mi fermerò e passeremo a qualcosa che andrà di fare a entrambi.»

Suona bene, quindi glielo confermo.

«Bene, piccola. Ne vuoi ancora?»

Annuisco.

«Togli la maglia», mi ordina.

La sfilo e mi stendo di nuovo, imbarazzata. Le mie braccia cercano di coprire il mio corpo.

«Mani ai lati», ordina ancora.

Mi mordo un labbro.

«Piccola, voglio guardarti.»

Le sue mani raggiungono il mio collo, tenendolo fermo per cercare di guardarmi negli occhi.

«Okay....» Lentamente, lascio scivolare le mie mani lungo I fianchi.

Il suo sguardo mi squadra da capo a piedi e mi è difficile, molto difficile, non strisciare via alla ricerca di una coperta, di un burqa, di qualsiasi cosa che possa nascondermi.

Un sorriso gli increspa le labbra. «Bellissima.»

Chiudo gli occhi e mi lascio trasportare dal suo tocco, dalle sue dita che tracciano linee immaginarie sulla mia pelle, fino ad arrivare tra le mie gambe.

«Cassandra, guardami.» Lo faccio e le sue mani iniziano a massaggiare quel punto delicato. «Questa è mia, ora.» Inchioda gli occhi nei miei. «Appartiene a me e a nessun altro. Compreso?»

Annuisco.

«Io non condivido. Tu mi dai tutta te stessa, io ti do tutto me stesso.»

«Okay.»

«Bene, piccola» risponde con voce delicata, poi si

trasforma di nuovo nel Dane dominante. «Su, a quattro zampe. Il culo verso di me.»

Si alza in piedi, scendendo dal letto, in attesa.

Penso al femminismo, al prendere ordini da quell'uomo muscoloso.

Poi mi metto in posizione.

Non c'è femminismo e maschilismo qui dentro.

«Apri le gambe, offriti a me.»

Spingo i fianchi verso l'alto e avverto il materasso sprofondare sotto il suo peso. Inarcando ulteriormente la schiena, rivolgo la mia intimità verso di lui.

E vengo premiata: il suo respiro caldo proprio sulle mie labbra vaginali.

«Oooh, Dane...» La mia testa sprofonda nel letto mentre lui si inginocchia per regalarmi lunghe leccate. I miei pugni stringono le lenzuola e la mia schiena si curva all'inverosimile, nel tentativo di sottrarsi a tanto piacere. Dane mi afferra i fianchi, rimettendomi vicina alla sua faccia. Lecca e succhia, toccando tutti i punti giusti.

Come sa quando fermarsi e quando continuare a fare magie con quella lingua?

Perché gli piaccio così tanto?

Arranco, con la faccia spalmata sul letto e la bocca aperta per sbavare. Quando smette, tutto il mio corpo trema, sull'orlo di un orgasmo.

Una mano mi stringe il sedere, sculacciandomi prima di sentire il suono di un preservativo.

«Adesso ti scopo» grugnisce. «Forte.»

«Okay» rispondo, carica di aspettativa.

Tenendomi fermi i fianchi, entra nella mia intimità fradicia.

Vengo spinta in avanti, lamentandomi in estasi.

«Stai bene?»

«Sì» sospiro. «Non fermarti.» Mi aggrappo al bordo del letto. «Ti prego.»

«Dimmelo, piccola. Chiedimi quello che vuoi.»

«Scopami, Dane. Ti prego, scopami forte.»

Dane obbedisce, spingendo da dietro. Mi tira I capelli, guidandomi mentre mi spinge sul suo uccello. Mi beo della sensazione di essere sotto il suo comando. Voglio mi tiri i capelli e mi sculacci, ordinandomi di tutto – qualsiasi cosa, mi basta solo che non si fermi.

«Oddio, oddio, oddio...» Il mio orgasmo cresce, arriva all'apice e mi rompe in mille pezzi, facendomi finire con il viso sul materasso. Dane mi stringe i fianchi per continuare a scoparmi senza pietà, senza perdere il ritmo.

Quando finisce, sono davvero fottuta, sia metaforicamente che letteralmente. Sospiro, colo, coperta di sudore e senza fiato, su quel letto.

Si stende accanto a me, soddisfatto. Sbatto le palpebre.

«Stai bene, piccola?» Le sue dita preoccupate mi accarezzano la schiena.

Devo alzare la testa così da non soffocare le mie parole sulle lenzuola. «Oh sì. Molto più che bene. Sto una meraviglia.»

«Bene.» Si avvicina e mi bacia, poi va via. Torna con un asciugamani per ripulirmi.

«Sicura di stare bene?»

«Ho molto sonno» mormoro, sentendo il suo corpo che abbraccia il mio.

«Dormi, piccola. Sarò qui domattina.»

3

La mattina inizia col botto. Percepisco un respiro caldo sul mio seno ancora prima che i miei occhi si aprano. La bocca di Dane chiusa attorno al mio capezzolo mi fa svegliare di colpo.

«Buongiorno», mormoro.

Non risponde. Fa altro, e un attimo dopo mi sto contorcendo tra le lenzuola.

«Sei bellissima quando vieni», mi dice.

Aggrotto la fronte. «Faccio un bel po' di casino. Chad scherzava sempre dicendo che avrebbe dovuto tapparmi la bocca così sarei stata zitta.»

«Se lo facessi, mi mancherebbero i suoni che fai.»

Arrossisco.

«È bellissimo, piccola.»

«Chad, um... non mi hai mai... fatta venire.»

«Cosa?»

«Io facevo venire lui e poi facevo venire me.»

Ho sempre pensato ci fosse qualcosa di sbagliato in me, dato che non riuscivo a raggiungere l'orgasmo con mio marito. Così mi dicevo sempre, di continuo.

Dane mi ha provato che il problema risiedeva in qualcun altro.

«Vieni prima tu, piccola. Sempre. E la seconda e la terza volta, la quarta e la quinta.» Mi spinge dolcemente indietro, sospirando numeri sulle mie labbra.

«Dane?»

«Mmm?»

«Quando mi legherai?»

«Mmm...» mormora, baciandomi prima di saltare giù dal letto. «Presto. Prima la colazione.»

«Colazione?»

«Hai bisogno di energie.»

Mi siedo e lui scuote il dito sulla soglia della porta. «Cosa ti ho detto? Rimani a letto.»

Mi stendo di nuovo, cullata da un fantastico stupore post-orgasmo. Il mio telefono squilla, e io commetto il grande errore di rispondere.

Cinque minuti dopo, Dane torna in camera mentre io cerco di riabbottonare i jeans con le mani tremanti.

«Cassandra? Che succede?»

Nascondo il mio volto. «Mi dispiace, devo andare» sputo, cercando la mia scarpa. «Ehm... me ne vado.»

«Ti accompagno io.»

Merda.

«No, posso... chiamare qualcuno...»

«Cassandra.» La sua grande mano mi afferra. «Piccola, dimmi cos'è che non va.»

«Nulla, Dane.» Tengo la testa bassa così che i miei capelli nascondano il mio viso. Chad mi diceva sempre che ero brutta quando piangevo.

«Un minuto fa eri felice nel mio letto e adesso stai piangendo. Piccola, parlami. Se me lo dici, posso aiutarti.»

«Non è un tuo problema—»

«Piccola.»

Mi sciolgo. «È Chad. Mi ha buttata fuori di casa, dicendo che era sua perché era lui a pagare il mutuo. Non mi ha lasciato nemmeno prendere la mia roba. Beh...» indico il cellulare. «mi ha appena chiamata un deposito: sembra che le mie cose siano rimaste lì per un anno e adesso l'affitto è scaduto. Chad le ha messe lì...» Scoppio in singhiozzi. «E ha fornito il mio conto bancario per i pagamenti, quello sul quale ho smesso di versare soldi perché era collegato al suo. La compagnia ha chiamato per darmi un ultimo avvertimento, e hanno detto... che devo riprendermi la mia roba oggi, ma chiudono di pomeriggio la domenica – cioè tra un'ora...»

Non riesco a concludere, ma Dane non ne ha bisogno. Mi lascia rivestire.

«Prendi la borsa» mi dice, scortandomi verso la porta. «Prendiamo la jeep.»

Obbedisco, poi mi congelo quando tiene aperta la portiera della macchina per me.

«Dane, non puoi farlo» sospirai. «Non voglio tu mi veda così.»

Mi abbraccia e lascia un bacio sulla mia tempia. «Sali in macchina.»

Non diciamo nulla lungo il tragitto, tutti i miei pensieri vengono affogati nel pozzo nero che ho dentro di me. Chad non aveva mai voluto lavorare sul nostro matrimonio. Si era disfatto di tutte le mie cose nel momento in cui ho varcato la porta di casa, e non si era disturbato nemmeno di dirmelo.

Per quanto tu ne sappia, mormora il mio cervello. *Questo è il motivo per cui ha aperto un nuovo conto.*

Sto per sentirmi male.

Quando raggiungiamo il deposito, Dane parcheggia in

modo illegale fuori dall'ufficio e mi ordina «Rimani in macchina.»

Preoccupata di poter vomitare, faccio come mi dice. Torna indietro solo una volta per prendere la mia carta d'identità, e mi lascia sul sedile.

Sei proprio un casino, dice il mio cervello. *Non ti vorrà più, adesso.*

Dane torna e mi porge una chiave.

«Okay, hai un mese pagato. Il proprietario dice che hai l'opzione di ritirare le tue cose e lui ti rimborserà il mese, oppure puoi firmare per un anno. Gli ho spiegato la tua situazione e lui è disposto a farti uno sconto.»

«Ma credevo che avrebbero chiuso...»

«Rimarrà aperto per te» dice Dane, guidando verso un garage e parcheggiando nel modo appropriato. «L'ho... convinto.»

«Dane.»

«Te l'ho detto, piccola. Mi prendo cura di te.»

Si slaccia la cintura di sicurezza e io gli poggio una mano sul petto.

«Non devi farlo.»

«Lo so, ma voglio.»

«Dane...» Scuoto la testa.

«Stai di nuovo scappando da me.»

«No, è solo che non voglio essere una scocciatura.»

«Cassandra, sei tutto tranne che una scocciatura. Queste sono cose dette dal tuo ex che ti frullano ancora per la testa.»

Scuoto la testa, cercando di trattenere le lacrime.

«È così, piccola. Rimpiazzerò tutto quello che ti ha fatto credere riguardo te stessa, ma potrebbe volerci del tempo.»

Scende dall'auto e apre il mio sportello per aiutarmi a

uscire. Mi prende tra le sue braccia, e in quel momento sento quella triste sensazione andare via da me.

Con l'aiuto di Dane, scelgo alcune cose da portare a casa. Ci sono scatoloni pieni di vestiti, tutti i miei carinissimi mobili, addirittura i quadri che avevo sulle pareti. Se Chad voleva trovare un modo per farmi male il più possibile, ci è riuscito.

Il momento più difficile arriva quando trovo una foto di nonno sul pavimento, con il vetro rotto. La stringo al petto, sentendo di nuovo il dolore sopraffarmi.

Dane mi trova in quel modo, tra le lacrime.

«Piccola...»

Il suo corpo nasconde il mio mentre s'nginocchia per cingermi le spalle tremanti con il suo braccio.

«Perché lo ha fatto? Cosa gli ho fatto, io? Questa è praticamente tutta la mia vita e per lui non ha significato nulla. Per lui era solo spazzatura.» Mi asciugo le lacrime.

Dane mi tiene a sé e io respiro il suo meraviglioso profumo finché non mi calmo.

«Va bene» dico. «Sto bene ora.»

Prende con cautela la foto dalle mie mani, e mi guida verso l'auto.

«Mi occuperò io della foto», dice. «Conosco un posto dove farle rimettere la cornice.»

«Sì?» chiedo, con un sorriso acquoso. «Ma se non hai nemmeno un quadro sulle pareti.»

«Te l'ho detto, piccola: hai il permesso di arredare casa mia.»

Mi asciuga una lacrima sulla guancia, prendendomi il mento tra le dita, e poi mette in moto l'auto. «Ed è ovvio che conosco un negozio di cornici. È lo stesso posto dove ho preso il cestino da picnic.»

Come se non avesse già vinto il premio per il Miglior Ragazzo del Secolo, Dane si ferma e prende del pollo fritto da portare a casa di nonna, dove lo mangiamo. Distrae nonna dai miei occhi arrossati chiedendole di raccontare storie su mio nonno. Alla fine del pasto, entrambe decidiamo di andare in un negozio di articoli per la casa per decorare l'appartamento di Dane.

«Non la renderemo troppo femminile», promette nonna.

«Grazie» sussurro a Dane mentre raccolgo I piatti per sparecchiare, e ricevo in risposta un occhiolino che sembra dire: *Quando vuoi, piccola.*

Rimango in cucina per un po', ascoltando nonna parlare a Dane entusiasta per un attimo prima di andare in camera mia. Ho bisogno di darmi una rinfrescata al trucco e di cambiarmi i vestiti.

Mi ci vuole più del previsto, perché Dane viene su e mi scova ad osservare il mio culo rivestito dai jeans nello specchio con la fronte aggrottata.

Fa un mezzo sorriso e si avvicina, posando una mano sul suddetto culo. Lo strizza e io mi bagno, ripensando all'ultima volta che lo ha fatto e ascoltando il suo grugnito che mi diceva che era suo.

«Ti piace quello che tocchi?»

«Oh sì.» Nota il mio disappunto. «A te no?»

«Non è così male. Ho sempre pensato di dover perdere qualche chilo.»

Mi rigira per guardarmi in volto e stringe ancora di più le mie natiche.

«Fallo e io ti legherò al letto per ingozzarti di Ben & Jerry's.»

«Dane, prenderei almeno cento chili.»

«Sono sicuro di conoscere qualche esercizio per te» sussurra abbassando la bocca sul mio collo. «Oh, e se ti scopro ancora a buttarti merda addosso, ti sculaccio.»

Mi vengono I brividi.

«Ti piace l'idea, piccola? Io che ti punisco quando fai la cattiva? Dandoti così tanti schiaffi da farti diventare il culo rosso?»

Cristo santo, sospira il mio corpo. Sotto le sue mani, la pelle del mio sedere inizia a rizzarsi.

«Mi sculacci già abbastanza.»

«Questo sarebbe diverso.» La sua bocca rimane attaccata al mio orecchio, il suo respiro umido manda vibrazioni che arrivano dritte al mio clitoride. «Brucerebbe ma mi farei perdonare. Possiamo provare almeno una volta, per divertimento... per vedere se ti piace.»

«Okay», rispondo, e non riesco a sopportare oltre. Mi alzo sulle punte, gli circondo il volto con le mani e mi avvicino per baciarlo.

Barcolliamo a causa della foga del bacio. Le mie mutandine sono così bagnate che sono sorpresa non si senta il suono di un rubinetto aperto.

«Aspetta... la nonna-»

«Ha preso un analgesico prima che salissi su. Ha detto che non si sveglierebbe nemmeno con un terremoto e che dovevo salire per controllarti.»

Oh, nonna, geme il mio cervello.

Il resto di me si concentra su Dane. Gli cingo il collo con le braccia e lo avvicino a me per evitare di rompere di nuovo quel contatto.

«Voglio mostrarti una cosa.»

Sul mio letto figura una scatola contenente diversi oggetti che avevo tirato fuori dal suo nascondiglio sotto il mio letto. Mostro a Dane la benda, un paio di manette, una ball gag e un plug anale.

«Le mie amiche me li hanno regalati per gioco.»

«Piccola» inclina la testa, regalandomi uno dei suoi sguardi sexy. «Vuoi che li usi su di te?»

«Sì.» Mi sporgo verso di lui lasciando scivolare le mie mani prima sui suoi pettorali, poi sui suoi addominali definiti per toccargli l'uccello attraverso i jeans. Grande e di marmo, proprio come tutto il suo corpo. Mi blocca I polsi.

«Farai la brava bambina? Ubbidirai agli ordini?»

«Sissignore. Posso obbedire.»

Fa un mormorio di apprezzamento. «Brava bambina. Qual è la safeword?»

«Ammaccabanana», ridacchio..

«Esatto. Fermerà tutto.» Le sue mani iniziano a vagare su di me e io non spero solo che lui non si fermi. «Niente roba forte. Capito?»

«Sì.»

Le sue mani raggiungono il mio sedere. «Cos'era quello? Riprova.»

«Sissignore.»

Una mano si infila tra le mie gambe, accarezzandomi attraverso il tessuto, aumentando le aspettative.

Dane mi allontana. «Spogliati.»

Cerco di farlo in modo sexy, ma poi divento nervosa. Lui lo nota di sicuro perché è proprio davanti ai suoi occhi.

«Hai un corpo bellissimo, Cassandra», dice. «Ti legherò e lo adorerò per tutta la notte.»

Mi mordo il labbro.

«Innanzitutto voglio la tua bocca su di me. Puoi farlo, piccola? Puoi farmelo venire duro mentre ti tocco quelle tette meravigliose?»

«Sì, signore.»

Inizio ad inginocchiarmi davanti a lui, vogliosa di fare qualcosa per lui dopo tutto quello che ha fatto per me.

Mi interrompe. «Puoi chiamarmi Daddy?»

Esitai. «Non lo so...»

«Okay. Ti va bene 'piccola'?»

Annuisco.

«Allora va bene 'signore'. In ginocchio, ora» ordina, e io ubbidisco, senza maglia ma con ancora i jeans addosso, lanciandogli qualche sguardo mentre gli sbottono i jeans per tirarlo fuori.

Le sue mani mi accarezzano dolcemente i capelli, cosa che non mi dispiace, e la sua voce che mi incoraggia mentre gli provoco piacere.

Dopo un po', mi allontana.

«Non voglio venirti in bocca» gemette. «Voglio legarti mentre ce l'ho ancora duro.»

Mi vengono i brividi. Mi rimette in piedi e mi guida verso il letto. «Ti voglio nuda e impotente quando ti metterò la bocca addosso.»

«Sì, Daddy», oso a bassa voce, e vengo premiata con una mano sul sedere, che mi avvicina a lui per baciarlo prima che di togliermi i jeans e di posizionarmi sul letto.

«Brava, piccola. Stenditi e aggrappati alla spalliera.»

Il mio letto a casa di nonna è di vecchio stampo, con pomelli di legno decorativi, perfetti per aggrapparsi... o per le corde. Faccio come richiesto, con il cuore in gola.

«Sono scadenti» mi mostra le manette in peluche. «Pizzicheranno. Ma questi...» tira fuori due foulard. «Saranno perfetti.»

Qualche secondo dopo mi ha già tolto le mutandine e legato le gambe, divaricandole. Chiudo gli occhi, trovando difficile il fatto di essere nuda davanti a lui, con tutti i miei difetti esposti.

«Continua a reggerti alla spalliera, piccola.»

Il suo respiro caldo mi accarezza la pelle mentre mi aggrappo alle assi sulla mia testa. Tutto il mio corpo si inarca leggermente, concentrandosi sul punto in cui si poggiano le sue labbra.

Mi bacia tutta, prendendosi il suo tempo, finché la mia intimità non riclama le sue attenzioni.

«Dane, ti prego.»

«Uh-uh, piccola, non sei tu che comandi. È Daddy che lo fa.»

Ricopre il mio punto debole con tutta la bocca e io sussulto alla sensazione di calore che mi da. Si tira indietro. «Di chi è questa figa?»

«Tua» annaspo. «Daddy.»

«Esatto. E Daddy si occuperà di te, ora.»

Il modo in cui me la lecca è come un'opera d'arte. Le sue labbra baciano ogni singolo millimetro, la sua bocca li succhia, la sua lingua li lecca, colpendo sempre il punto giusto. Do un rapido sguardo e lui sembra godersi il momento quasi quanto me. Quasi.

Indietreggia di nuovo e io mi lamento.

«Per favore...»

«Abbi pazienza, piccola.»

Infila un dito dentro di me e il mio corpo asseconda il movimento. Si muove lentamente, sostenendo il mio sguardo. «Dimmi quando ci sei quasi.»

Mi sento incredibilmente vulnerabile, guardando un uomo che mi porta lentamente sull'orlo dell'estasi.

«Ci sono», sospiro, e le dita si ritirano.

«No, Dane, ti prego.» Mi sporgo per avvicinarmi al suo volto.

«Cattiva.»

Si alza e mi schiaffeggia forte un seno.

Io sussulto.

«Ti piace, piccola?» Lo fa di nuovo, più forte di prima, non così intenso da fare male ma abbastanza da inviare deliziosi vibrazioni al punto giusto. La mia vagina si contrae ancora di più. «Daddy dovrà educarti meglio. Magari prenderò un po' di ghiaccio per questi capezzoli, per renderli belli duri. Potrei bendarti così non saprai cosa succederà. Ti va?»

«Sì, Daddy, ti prego.»

«Brava, piccola.»

Si piega e prende la mia maglietta, che usa per legarmi I polsi alla spalliera, proprio sopra la mia testa. Il mio battito cardiaco accelera quando mi rendo conto delle mie condizioni: gambe divaricate e legate, le mie braccia bloccate sulla testa. Mi sento esposta e aperta, più vulnerabile che mai.

Legata e al limite, sono anche davvero eccitata, forse troppo.

«Cassandra, respira.»

Mi concentro sull'obbedire a ciò che mi ordina con quella voce profonda mentre lo osservo spogliarsi completamente. Quando si rannicchia tra le mie gambe, dimeno i fianchi, pregandolo di fare qualcosa.

«Lo vuoi?» mi chiede, masturbandosi.

«Sì.»

Alza un sopracciglio.

«Sì, Daddy. Lo voglio così tanto...»

Infila tre dita dentro di me con violenza e le arcua. «Di chi è questa?»

«Tua», sussulto.

«Esatto. E adesso Daddy la porta a casa.»

Si prende un momento per indossare un preservativo e io quasi urlo dalla gioia.

Dane è dentro di me, nelle mie profondità. Le sue labbra

si staccano dalle mie per accarezzarmi il collo, spostandosi sul seno e tornando sulla mia bocca, come in un loop.

I suoi fianchi si muovono lentamente e io sussurro il suo nome.

«Sì, piccola?»

Aggiunge un colpo, il suo pube si attacca al mio, e io dimentico cosa stessi per dire ma sussulto, invece.

Con un sorriso, Dane si sporge e slega i foulard, liberandomi le gambe.

«Aggrappati a me, Cassandra.»

Immediatamente gli cingo i fianchi con le gambe. Si inginocchia, prendendo le mie natiche tra le sue mani per alzarmi un po', così da scivolare più in profondità.

«Oddio.»

Sa come muovere quei fianchi, in cerchio o di botto, e trova sempre un modo per accarezzarmi il clitoride ad ogni sua mossa. Lascia scivolare una mano sul mio petto, afferrando un seno.

«Questi hanno bisogno di qualcosa.»

Mi prende il capezzolo tra il pollice e l'indice e io inarco la schiena sotto il suo tocco.

«Sì?»

«Sto pensando a dei piercing. Verdi, così si intonano ai tuoi occhi.»

Avevo già pensato di fare un piercing, ma in quel momento sto già prendendo un appuntamento.

«Ti piacerebbe, piccola? Questi li pinzo, e ti farò fare un bel piercing all'ombelico così potrai mostrarlo quando camminerai nuda per me in giro per casa.»

Il mio cervello non riesce a pensare a una risposta, ma la mia vagina zampilla. Con un ghigno sul volto, Dane accelera e Daddy la portò davvero a casa.

~

Me ne stavo distesa, senza forze, sul petto del Marine, con una gamba sulla sua. Quando Dane mi slega, mi posiziono accanto a lui, dove mi appisolo un po', ancora nel mio stato di beatitudine.

«È stato fantastico» dico sognante. «Tu sei fantastico» ridacchio poi. «Sei un alano, un Gran Danese.»

«Ti stai prendendo gioco del mio nome, piccola?» dice, con tono divertito. La sua mano scivola sul mio sedere per posare un dolce schiaffetto sulla natica.

«No, no, no. Io, prenderti in giro? Mai.»

«Bene» ridacchia, poi la sua voce diventa bassa e roca. «Se prendi in giro Daddy, ti meriti una sculacciata.»

«Perfetto.» Sorrido contro I suoi pettorali e la sua risata rimbomba nelle mie viscere.

«Comunque, che razza di nome è Dane? A tua mamma piacevano i cani?»

Altra risata. «No. Non so a cosa stesse pensando, ma almeno non sono finito come mio fratello. Si chiama Byron.»

«Stai scherzando.»

«No. E non dirgli che te l'ho detto. Noi lo chiamiamo Bear.»

«Dane e Bear. Wow.»

«Già. Quando lo incontrerai, assicurati di non dire nulla sul suo vero nome. Non ne sarà molto contento, soprattutto con me.»

Aggrotto la fronte a un pensiero nella mia testa. «Incontrerò tuo fratello?»

«Sì, piccola. Per come stanno andando le cose, non ci vorrà molto prima che incontri la mia squadra.»

Torno vigile velocemente.

«Sei sicuro?», alzo la testa.

La mano di Dane rimane immobile, sulla mia pelle. «Affermativo. Tu mi presenterai ai tuoi?»

«Um, beh... Non c'è nessuno da presentarti a parte nonna. Mia madre non è più nella mia vita, quindi... hai incontrato già tutti.» Per un secondo immagino Devil Dog Dane che incontra Chad. Il mio cervello protesta a quell'immagine: sarebbe stato troppo strano. Un avvocato con la polo che si presenta a una montagna di muscoli tatuata. Due uomini da due pianeti diversi.

«Ti va di incontrare mio fratello?» mi chiese.

«Um. Credo di sì...» Abbasso lo sguardo, ma lui mi prende il mento.

«Stai di nuovo scappando da me?» mi chiede in tono molto, molto gentile.

Lo sto facendo? Fisso quegli occhi scuri che sembrano scrutarmi l'anima.

La sua mano torna sulla mia schiena, facendomi sentire rassicurata. «Va tutto bene, piccola. Quando senti il bisogno di scappare, dimmelo così ti darò altre ragioni per rimanere.»

«Mi legherai?»

«Tra le altre cose.»

Yum. Il mio corpo canticchia felicemente. Anche il mio cervello super sarcastico è d'accordo.

«Ti piace vivere con tua nonna?»

«Sì. Non è strano, no?»

«Assolutamente no. È una donna davvero dolce.»

«È la migliore. Mi sentivo più figlia dei miei nonni che di mia madre. Ho vissuto con loro per tutta la durata del liceo.»

Ringrazio silenziosamente Dio di aver ri-decorato tutta la mia stanza una volta tornata, distruggendo tutte le prove della mia adolescenza tranne un imbarazzante poster di una boy band che avevo nascosto nelle profondità del mio armadio.

«Avevo un legame stretto con loro già prima. Ho addirittura il loro cognome.»

«Cassandra Brass.»

«Sì. Avere lo stesso cognome di un regista a luci rosse non è stato divertente, alle medie.»

«Ti hanno dato del filo da torcere?»

Scrollo le spalle. «Magra, costantemente definita 'quella nuova'. Papà non c'è mai stato, mamma tornava all'improvviso e faceva finta di volermi, mi portava via per qualche mese e poi mi riportava qui. Finché nonno non ha usato il pugno di ferro dicendo che avrei frequentato il liceo qui. Lui e nonna hanno ricevuto l'affidamento ed è andata per il meglio, credo.»

Le dita di Dane non smettono di accarezzarmi la pelle. «Beh, eccetto aver frequentato Chad. Ma credevo fosse una buona idea, al tempo. Era popolare, ma a nonno non è mai piaciuto.»

«No?»

«Ho frequentato l'università pubblica e lavoravo per guadagnare qualcosa. Volevo frequentare l'università fuori, ma Chad mi costrinse a cambiare idea perché non voleva mi trasferissi così lontano. Io e nonno litigammo duramente proprio per questo e io andai via.»

«Poi ti sei sposata?»

Scuoto di nuovo le spalle. «Chad me lo chiese. Credevo fosse giusto dire di sì. Poi mise la testa a posto e iniziò il college, facoltà di legge. I suoi genitori pagavano tutto, ma io continuai a lavorare.»

«Lo hai supportato.»

Annuisco.

«E poi ti ha tradita e buttata fuori di casa.»

Aggrotto la fronte. Non suonava bene, nel modo in cui lo aveva detto.

«Ha detto che il mutuo della casa era a suo nome, e, nonostante abbia pagato l'acconto e lo stesso mutuo, la maggior parte dei soldi sul conto congiunto era sua. Ha detto anche che un giudice avrebbe emesso una sentenza a suo vantaggio. Inoltre, non volevo litigare ma volevo tornare con lui» dissi.

La mano di Dane mi accarezza ancora la schiena nuda. «E ora?»

«Non so. Voglio andare avanti. Vorrei tanto che gli ultimi otto anni della mia vita non siano stati un tale spreco.»

«Non lo sono stati, piccola. Ma le cose stanno per migliorare ancora di più.»

«Sì?»

«Sì. Hai bisogno di qualcuno che lotti per te. Tuo nonno l'ha fatto, ma ora è il mio turno.»

Per un momento, ci credo. Mi sento come se mi abbia tolto un enorme peso da dosso e lo abbia messo sulle sue spalle, ben più forti delle mie.

Poi mi sento tesa. «Non posso chiederti di farlo.»

«Non lo stai chiedendo. Te lo sto dicendo io.»

Rotola su di me, cingendomi con le sue possenti braccia. La sua enorme mano mi prende la testa per tenerla vicino al suo petto. Non riesco a trattenermi: tutto il mio corpo si rilassa. «Sono un uomo che sa quello che vuole. E voglio te.»

Il mio cervello si ribella un'ultima volta. «Dane—»

«Zitta.»

La sua voce sexy e roca torna, e quell'ordine mi porta di nuovo nel mio posto felice.

Come ci riesce? Il mio cervello è affascinato.

Che t'importa? Lo adori, risponde il mio corpo, prima di scivolare nel mondo dei sogni.

4

L unedì, rispondo al telefono per ascoltare la voce
roca di Dane.

«Ho un nome per te. Scrivilo.»

Mi volto verso la mia scrivania alla ricerca di una penna
mentre lo provoco. «Così autoritario...»

«Piccola», dice, ed è abbastanza per farmi bagnare.

«Pronta.»

Scrivo il nome e il numero che detta. «Chi è?»

«Un avvocato. Divorzista. Mi deve un favore, così gli ho
spiegato la tua situazione e mi ha detto che non dovresti
esitare a chiamarlo.»

Mi congelo. «Dane...»

«Cassandra. Il tuo ex non può pestarti i piedi in questo
modo. Non più.»

«Dane...» sospiro.

«Hai bisogno di qualcuno che lotti per te, e io sono quel
qualcuno. Ma questo non è il mio ring. Quindi parla all'avvocato. Almeno conoscerai le alternative.»

«Lo chiamerò.»

«Meglio per te. O ne dovrai rispondere a me.»

«Mmm, potrebbe piacermi.»

La sua risata risuona attraverso il telefono e io incrocio le gambe, preoccupata di poter inzuppare la sedia.

«Ti piacerebbe, piccola. Ne sono sicuro.»

Un'ora dopo ho un blocchetto pieno di consigli legali. Sembra che Chad abbia approfittato sia della mia ignoranza nell'ambito che della mia incapacità di combattere per me stessa. Qualsiasi bene acquisito durante il matrimonio era un bene in comune, così mi ha spiegato l'avvocato. Questo significa che la casa e tutto il resto del patrimonio sono sia miei che suoi.

L'amico di Dane, che non solo gli doveva un favore ma sembra essersi imbattuto nel mio ex e non gli piace, invierà una lettera spiegando tutte le mie richieste. Il documento richiederà addirittura il pagamento per il deposito... e il costo della cornice della foto di nonno.

Avevo reso troppo facile a Chad uscire dal matrimonio.

Pensi che Chad non fiaterà? osserva il mio cervello.

No. Ma non lo farà nemmeno Dane.

E se fosse scoppiata una rissa, avrei scommesso tutto sul mio Devil Dog.

«SEI IMPEGNATA STASERA?» Guardo il messaggio e immagino le sue grandi mani tenere il cellulare in attesa della mia risposta.

«No. Tutta tua», rispondo.

«Puoi scommetterci il tuo bel culo che lo sei.»

Mi mordo il labbro, e mi guardo intorno per assicurarmi che nessuno dei miei colleghi abbia visto.

«Cena, da me, alle sette.»

«Ok. Posso portare qualcosa? Oltre al già menzionato culo?»

Immagino le sue meravigliose labbra arricciarsi, trasformarsi in un sorriso e affascinare chiunque fosse stato abbastanza fortunato da vederlo.

Oh mio Dio, Cassie, cosa stai pensando? Provi qualcosa per questo tizio?

Sì! urlano le mie parti femminili.

Fai attenzione, mi ammonisce l'altro. *L'hai appena incontrato. Non è intelligente lasciarsi coinvolgere così presto.*

Intelligente o meno, non vedo l'ora di tornare a casa per lavarmi questa giornata lavorativa di dosso e completare il processo "preparati per l'appuntamento" così da poter raggiungere l'appartamento di Dane.

Pulita e carina con indosso il mio top e la minigonna, corro fino alla porta di casa sua e poi gli invio un messaggio: "sono qui!".

Mi aspettavo si fosse preparato per andare a mangiare fuori, ma quando mi apre è scalzo, con due gassose in mano, senza maglia e con solo i jeans addosso.

«Ehi, piccola.»

«Uh...», dico. Il mio sguardo vaga dalla testa ai piedi e si perde nella perfezione del suo petto.

Fa un mezzo sorriso e indietreggia di un passo. Rimango a fissarlo, e alla fine inclina la testa di lato. «Vuoi entrare?»

Un discorso è impensabile per me in questo momento, così cammino senza parlare verso di lui. Il suo appartamento sembra uguale, tranne per una cosa: vicino alla poltrona c'è un nuovo tavolino pieno di cibo -- patatine, salse, alette di pollo, pizzette e bibite.

«Ho pensato che ci saremmo rilassati, a casa, a guardare la partita.»

Lo schermo piatto di fronte alla poltrona è in pausa, e

mostra una squadra vestita di blu piegata su una linea, davanti una squadra bianca.

Mi sgonfio un po'. Ad un purosangue americano come Dane devono piacere gli sport altrimenti perderebbe il suo appeal, ma speravo di evitare la routine partita-e-sveltina-prima-di-dormire per un po', e siamo solo ai primi appuntamenti!

A quanto pare la luna di miele è finita, sentenzia il mio cervello.

«Ti piace il football?» Dane si dirige verso il tavolino per posare le bibite prima di tornare da me.

Riesco a dire un "come no" mezzo mormorato, e l'angolo all'insù della sua bocca mi fa capire che mi aveva letto nel pensiero. Mi prende la mano, mi porta a sé e mi bacia con una passione tale che avrei detto di sì a qualsiasi cosa.

«Siediti», mi dice. «Ti piacerà questo.»

Sto per annuire, ma mi fermo. «Uh, Dane? Dove mi siedo?»

Le sue mani si poggiano sui miei fianchi, le sue labbra sul mio orecchio. «È così che mi chiami, piccola?»

Un brivido mi corre su e giù per la schiena. Mi fermo prima di rabbrividire completamente e strusciargli il culo sul pacco senza vergogna.

«No, Daddy» dico senza fiato. «Ma la poltrona è per te, giusto?»

Con le sue mani ancora sui miei fianchi, mi guida verso la poltrona reclinabile. All'ultimo secondo, mi gira, si siede e mi posiziona sulle sue gambe. «Comoda?»

Non riesco a non contorcermi un po'. «Sì, Daddy.»

«Bene.» La sua voce profonda risuona dentro di me, inviando deliziose vibrazioni in tutti i punti giusti. «Bella gonna.» Giocherella con il bordo e intrufola la sua mano sulla mia coscia, lasciandola salire finché non si ferma una volta raggiunti i miei fianchi. Trattengo il respiro, aspettandomi che deviasse tra le mie gambe, o che mi mordesse il collo oppure -- per favore, con gli zuccherini sopra -- che mi strappasse la gonna e si divertisse con me. Invece, la sua mano fa retromarcia e rimette a posto la mia gonna prima di afferrare il telecomando.

«Guardiamo la partita.»

Mi mordo il labbro per evitare di gemere.

Per i primi minuti è divertente. Ci coccoliamo e sgranocchiamo il cibo. Dane coglie sempre l'opportunità di toccarmi, una leggera strusciata qui, una carezza sul ginocchio lì, finché i miei fianchi non sussultano involontariamente ogni volta che la sua mano si avvicina alla mia intimità. Ma sembra concentrato sulla partita. Ne guardo un po', ma l'unica cosa che riesco a capire è che la squadra blu ha migliori cheerleader della bianca.

«Per quale squadra stiamo tifando?»

Mi lancia uno sguardo divertito. «Sai cosa sta succedendo?»

«Uh...» guardo velocemente lo schermo. «No.»

«Non sei una fan dello sport?»

«Il bingo è uno sport? Ci andavo con nonna e mi ero anche appassionata.»

Quella frase si guadagna un mezzo sorriso. «No.»

Avvolgendomi tra le sue braccia, mi spiega tutto guardando lo schermo. Cerco di ascoltare la litania del "questo è il quarterback, questo è il secondo down, questo è un calcio piazzato da 3 punti" e premio me stessa per lo sforzo fatto con mezzo piatto di nachos.

La squadra bianca corre dietro quella blu per l'ennesima volta, e cerco di nascondere uno sbadiglio.

«Hai mangiato abbastanza?»

«Sì.» Apro la bocca per dire che sono stanca e augurargli

la buona notte quando le sue mani si chiudono sulla mia gola. Tutto il mio fiato esce dalle mie labbra mentre le sue si avvicinano al mio orecchio.

«Ti fidi di me?»

Sì! urla la mia parte femminile, e il mio cervello lascia gli risponda «Sì, Daddy.»

«Vai in camera. Spogliati e indossa quello che ho lasciato sul letto per te.»

Mi lascia andare e io sorrido.

«E Cassandra--» il suo tono di avvertimento mi fa fermare e voltare lo sguardo verso di lui. «Quando dico 'spogliati', intendo tutto. Niente mutandine, a meno che tu non voglia ritrovarti il culo rosso.»

«Sì, Daddy.»

Trattengo una risata e filo in camera, entusiasta di trovare... un'enorme maglietta da football, e nient'altro.

Ah. A quanto pare la luna di miele è davvero finita.

Ricordando la minaccia di Dane, mi spoglio togliendo qualsiasi cosa -- reggiseno, mutandine, addirittura l'elastico che avevo tra i capelli. Esco dalla camera e mi fermo nel bel mezzo del salotto, sopraffatta dall'insicurezza che mi fa dubitare di quanto sexy io possa sembrare coperta dal collo fino a metà coscia da quella che somiglia una maglietta over-size. Il modo in cui gli occhi di Dane si accendono quando mi vede con la maglia della squadra preferita che copre le mie curve, però. diventa ben presto la cosa più eccitante del mondo.

Gli regalo un sorriso timido, e lui mi fa cenno di avvicinarmi con l'indice. Quando sono abbastanza vicina, mi prende i polsi e mi posiziona tra le sue ginocchia. Le sue mani mi accarezzano attraverso il tessuto, mentre la partita continua a mormorare in sottofondo, ormai dimenticata. Le sue dita si intrufolano sotto la maglia e io rabbrividisco.

La sua bocca si arriccia in un mezzo sorriso. «Solletico?»

«No», nego, fingendo.

«Hmmm...» Non sembra convinto. Aspetto l'inizio delle danze ma mi tiene in quel modo, tra le sue gambe, esplorando e godendosi i miei gemiti.

Poggio le mani sulle sue spalle. «E adesso?»

«Adesso puoi andarmi a prendere una Coca.»

Humph.

Il suo mezzo sorriso mi palesa che sa a cosa stessi pensando.

«Ne varrà la pena.»

Sporgendosi dalla poltrona, tira fuori un pezzo di plastica rosa a forma di farfalla attaccato a delle cinghie nere. «Alza la maglia.»

Con le farfalle nello stomaco dall'eccitazione, obbedisco, inclinandomi su di lui mentre mi aiuta a infilare l'imbracatura e a rimanere dritta per stringere e aggiustarne ogni parte. Passa così tanto tempo ad assicurarsi che il pezzo rosa mi copra le parti intime nel modo giusto, che mi bagno.

«Cosa fa questo, di preciso?»

«Lo scoprirai.» Mi tocca il sedere, poi lo scuote e mi abbassa di nuovo la maglietta. «Vammi a prendere quella Coca.»

«Sì, Daddy.»

Aspetto di dargli le spalle per roteare gli occhi. Sembra sia in una specie di una delle fantasie di Dane, ma è stato così dolce questa settimana che non sarebbe stata una pena di morte accontentarlo.

Ho quasi raggiunto la cucina quando la cosa che ho tra le gambe vibra proprio sul mio clitoride.

«Cazzo!» barcollo e mi tengo alla maniglia del frigo per non cadere, trattenendo sempre più gemiti mentre la sensazione si trasforma in una vibrazione pulsante che riempie di aspettative il mio clitoride, ormai sveglio.

«Tutto bene, piccola?»

«Tutto rose e fiori» sussulto. La vibrazione si interrompe velocemente, proprio come è iniziata. Quando mi guardo indietro, lo vedo tenere un telecomando che non era quello della televisione. «Ho dimenticato... il motivo per cui sono venuta in cucina.»

«Coca», mi ricorda.

«Giusto. La Coca.»

Con ancora la maniglia del frigo stretta nel palmo della mano, cerco la bottiglietta. Nel momento esatto in cui le mie dita toccano il vetro freddo, l'affare ricomincia quella dolce tortura, lentamente. L'intensità cresce mentre attraverso la cucina per tornare da quel tiranno sorridente seduto nell'enorme poltrona. Ad ogni passo che faccio verso di lui, la vibrazione incrementa sempre di più, finché le mie gambe non diventano gelatina. Ha pianificato tutto -- la partita, l'atmosfera rilassata, la maglietta -- per farmi abbassare la guardia. Una fantasia maschile standard, con un colpo di scena per farmi rimanere senza fiato, perché Dane è tutto fuorché ordinario.

Prende la coca, la apre e beve come se non stesse accadendo nulla. «Vuoi ancora andare via?»

Scuoto la testa, non volendo rischiare di parlare. Tutto di me si sta concentrando sulla vibrazione sul mio clitoride.

«Bene.» Posa la bibita. «Perché è solo l'inizio.»

Mi prende in braccio per posizionarmi sulle sue cosce, di fronte a sé, portando indietro lo schienale per avermi proprio sul suo pacco, coperto dai jeans. Le sue grandi mani mi accarezzano i fianchi e mi tengono ferma, spingendomi verso il basso così da sentire meglio quell'aggeggio del demonio. Le vibrazioni diventano onde di

pulsanti che mi inebetiscono e mi inebriano, facendo sì
che i miei fianchi si struscino contro la sua enorme
erezione.

«Brava, piccola. Strusciati su di me, fammi vedere che lo
vuoi.»

A cavalcioni sul mio uomo, con i capelli che mi coprono
le spalle, mi sento così selvaggia e lasciva. Obbedisco al suo
ordine, mi strofino contro di lui, senza distogliere il mio
sguardo dal suo. Motivata, alzo la maglietta e faccio un
piccolo spettacolino per lui, accarezzandomi il seno, leccan-
domi le labbra, scuotendo i capelli come quelle maledette
cheerleaders in TV. Dane mi osserva con gli occhi puntati
addosso, attenti e intensi, uno sguardo che amavo dal
momento in cui ci siamo incontrati.

Amato?

Prima di poter sviluppare quel pensiero, Dane riprende
il telecomando e invia una forte pulsazione che mi scuote
interamente. Urlo e lascio cadere la maglia per tenermi a
Dane ed evitare di cadere. Le sue dita affondano nella carne
del mio sedere per tenermi dritta.

«Verrai per me?»

«Sì, ti prego Daddy.»

I miei fianchi lo pregano, strusciando lentamente,
lasciando che l'aggeggio affonda ulteriormente nella mia
intimità già stimolata abbastanza. «Per favore, lasciami
venire.»

«Non ancora.» Gioca con il telecomando finché non lo
prendo io, esasperata, per premere il tasto che mi avrebbe
portata al mio posto felice.

Avrò lasciato scappare un gemito frustrato, perché la sua
risata risuona sotto di me. Mi accascio imbarazzata,
cercando di afferrare anche l'ultima vibrazione mentre i
miei umori si posano sul suo petto.

«Va tutto bene, piccola. Sei stata bravissima. Vieni quando vuoi.» Il dispositivo continua a vibrare, più forte.

I fianchi si muovono nel tentativo di raggiungere un altro orgasmo, freneticamente. Le mie unghie affondano nelle spalle di Dane, ma lui non si lamenta. Anzi, infila un dito sotto la plastica, prende un po' dei miei liquidi e raggiunge il mio sedere, inumidendo l'entrata posteriore.

«Oh...» spalanco gli occhi a quella nuova sensazione su un punto che non pensavo potesse darmi tanto piacere. Dimentico addirittura di raggiungere l'orgasmo, finché il dito di Dane non inizia ad esplorare l'interno.

In quel momento vengo, scuotendomi. La mia testa scivola sulle spalle di Dane, sono in preda ai gemiti. I miei fianchi roteano al ritmo di quelle onde di piacere. Proprio mentre sto recuperando fiato, il dito di Dane torna fuori, facendomi rabbrividire e accovacciare di nuovo sul suo petto. Mi tranquillizza con una mano sulla schiena.

«Ti è piaciuto?»

Annuisco, con la guancia ancora sui suoi pettorali.

«La mia dolce piccola.» Mi accarezza la schiena.

Mi raddrizzo, sedendomi. Faccio vagare lo sguardo sul pavimento circostante finché non poso una mano sui suoi jeans, chiedendo silenziosamente il permesso.

«Va bene, piccola. Ma senza mani.»

Abbassa la zip dei jeans e lo tira fuori. Mi inginocchio davanti a lui e faccio il mio meglio, ma quando provo a infilarlo di più in bocca, le mie mani lo afferrano automaticamente e lui le blocca.

«Cosa ho detto, piccola?»

Mi accovaccio sui talloni. «Mi dispiace, Daddy, ma è troppo grande.»

Mi alza per darmi un bacio, poi mi lascia uno schiaffetto sul sedere. Mi stendo sulle sue gambe e mi sculaccia, abbastanza dolcemente da farmi bagnare più del dovuto e abbastanza duramente da produrre un suono ben udibile tra le urla dei tifosi in TV. Quel leggero pizzicore manda delle vibrazioni proprio al mio punto già fradicio. Sono vicina al mordergli le gambe nel momento esatto in cui si ferma.

«Va bene, piccola. So qual è il modo per farti comportare bene.»

Si abbassa e afferra una corda viola.

«Sei pronta?»

Annuisco, con bocca asciutta.

«Inginocchiati, allora. Via la maglia.»

«Mi stava iniziando a piacere, addosso», fingo di lamentarmi. Lui ghigna.

«Puoi indossarla per me ogni volta che vuoi.»

«Okay, Daddy.»

Una volta spogliata, Dane mi posiziona accanto alla poltrona e riprende la corda tra le mani.

«Respira, Cassandra», mi ricorda.

Ci provo, affannosamente.

«Rilassati» dice. «Rimani qui, e segui le mie istruzioni. Se ti metto da qualche altra parte, rimanici finché non ti sposto di nuovo, ma dimmi se non sei a tuo agio. Io farò il resto.»

Il suo tocco è prima leggero, le sue dita tracciano la linea delle mie spalle, che si rilassano al contatto. Mi lega le braccia dietro la schiena, dolcemente, impegnandosi a stringere la corda intorno al mio petto, tra e intorno ai seni. Ad ogni suo tocco, il mio corpo si rilassa sempre più. Il tempo vola via, e io mi dimentico delle mie preoccupazioni, dei miei pensieri. La corda diventa una sua estensione, delle dita e braccia lunghe che mi stringono. Mi ritrovo a fissare Dane e la leggera espressione concentrata sul suo viso mentre le sue mani mi manovrano.

Realizzo tutto una volta finito di bloccarmi le braccia

dietro la schiena: sta creando un'opera d'arte e io sono parte di essa.

Sono io, l'opera d'arte.

Non capisco quanto sia stretto il mio petto finché cerco di respirare e non ci riesco pienamente.

Dane fa una pausa.

«Stai bene, piccola?»

Provo a fare un altro respiro, ma sento un pugno attorno al cuore che lo stringe forte. Non si tratta della corda sul mio corpo, che lo rende un meraviglioso panorama, con i miei seni ben delineati e le braccia ferme. È una sensazione profonda, una sensazione che ho avuto per anni ma che solo l'essere avvolta in quegli obblighi così amorevoli mi fa comprendere.

Guardando la mia espressione, si convince a sciogliere la corda.

«Vieni qui.»

Avvolge le sue braccia intorno a me, facendomi poggiare sul suo petto duro come la pietra. Non posso abbracciarlo completamente, ma solo abbastanza da poter accarezzare con la guancia il suo pettorale, con la curva del suo braccio muscoloso che appare alla coda del mio occhio. Dane crea una fortezza con il suo corpo possente, e la usa per farmici rifugiare.

«Sto benissimo», dico finalmente.

Mi libera dall'abbraccio per guardarmi con espressione sincera.

«È solo che... è più profondo di quanto pensassi». Non riesco a spiegare cosa ci sia dietro, ma non mi sento costretta a farlo.

Lui annuisce.

«Pensi che sono bella, no?»

Non avrei mai dovuto fare una domanda del genere, ma

qualcosa, in quel momento e in tutti quei silenzi prima, mi dicono di sì. So che avrebbe capito: non ci sono muri tra noi, come se avessimo parlato per tutta la notte dei nostri più profondi e oscuri sentimenti, e adesso potessi dire qualsiasi cosa.

Dopo una breve pausa, mi prende il viso tra le sue mani e mi costringe ad alzare lo sguardo.

«Più mi conosci, più capirai che tipo di uomo sono.»

«Okay.»

Voglio guardare da un'altra parte, ma non posso. Nemmeno se le sue mani non mi stessero tenendo ferma, i suoi occhi marroni riescono a incatenarmi. Non sembra arrabbiato, ma solo deciso ad assicurarsi che io senta ogni sua parola.

«Non dico stronzate.» Le sue parole schiette mi fanno quasi trasalire. «E anziché mentire, preferisco non dire nulla. Detto questo, te lo dirò tutte le volte che avrai bisogno di sentirlo, e proverò a spiegartelo ogni giorno. Sì, Cassandra, sei bellissima, e se te lo dicessi ogni volta che lo penso, sarebbe l'unica cosa che direi.»

Tipico di Dane. Invece delle parole, usa bombe simili per spazzare via le mie difese. Addirittura il mio cervello non riesce a cancellare ciò che ha detto, e il modo che ha usato per farlo. Probabilmente è quello il motivo per cui ha posto il complimento in quella maniera così intensa.

Smette di parlare, e in quel silenzio così confortevole finisce di legarmi, bloccandomi le mani dietro la schiena, una alla volta. Ogni parte di me si sente viva, pulsante. Anche le parti che non ha nemmeno sfiorato sentono il bisogno delle sue attenzioni. Quando finisce, fa un passo indietro per ammirare la sua opera.

«Beh, è stato divertente», cerco di scherzare. «E adesso?»

«Adesso», riprende il telecomando del vibratore, «giochiamo.»

E il pezzo tra le mie gambe vibra a tutta forza.

Le mie ginocchia vengono meno ma mi prende, guidandomi sul pavimento. Sono già sul precipizio, con la vagina fradicia di umori come se non avessi avuto orgasmi per una settimana. Chi si aspettava che la corda potesse essere un preliminare così efficace? Dane non mi ha fottuto solo la figa, ma anche il cervello. E lo adoro. Sono arrivata al punto di chiedermi come avessi fatto a vivere senza.

Inginocchiata con la testa all'indietro, osservo il contorno della sua erezione, compressa nei jeans. La mia bocca si spalanca automaticamente, anche se il resto del mio corpo si contorce sotto l'insistente vibrazione del vibratore.

«Eccolo qui, piccola.»

Si avvicina e si sbottona i pantaloni, tirandolo fuori. La sensazione contro il mio clitoride diminuisce, ed io gemo a quell'interruzione. Ero così vicina...

«Le brave ragazze vengono.»

Si inginocchia e io fatico per raggiungerlo. La mia lingua riesce a lambire la punta, poi, in un tentativo di afferrarlo meglio, le mie braccia si dimenano bloccate dalla corda.

«Piano, Cassandra, piano.»

Le sue mani mi tirano la coda di cavallo, ammonendomi. Io mi lamento, supplicante, più vogliosa che mai. «Rimani ferma.»

Rimango ferma.

«Adesso ti scopo la bocca. Ci andrò piano stasera, così ti abituerai a prenderlo in questo modo.»

Trasalgo. Sì, sì, lo voglio, lo voglio forte. Voglio mi sopraffaccia e lasci scappare via i miei pensieri, come se non esistesse nulla all'infuori di lui e del piacere che mi da. Il suo membro scivola nella mia bocca, piano, lentamente, centimetro per delizioso centimetro, finché non gorgoglio e lui si ritrae. Ripete il movimento, ogni volta più veloce, ma il suo sguardo non lascia mai il mio e io mi sento completamente al sicuro in quel modo, inginocchiata davanti al suo poderoso corpo.

Sono nuda, lui no. Sono legata, lui no. Sono completamente alla sua mercé, lui può farmi qualsiasi cosa senza che io possa fermarlo. Non che lo farei mai: non voglio. Mi fido di quell'uomo, con tutta me stessa. Quel pensiero avrebbe dovuto far risuonare i campanelli d'allarme nella mia testa, ma neanche il mio cervello è riuscito a resistere a quel suo modo di sedurmi.

«Dio, Cassandra.» Lo sfila dalla mia bocca con uno schiocco. «Sei così sexy.»

Ansimante, con la saliva che mi cola dalla bocca e altri liquidi dalla vagina, lo guardo dal basso.

«Non voglio venirti in bocca.» Si sporge verso di me. «È ora di andare a letto» dice, aiutandomi ad alzarmi. Cullata dalle sue braccia, mi porta attraverso il salotto fino alla camera da letto.

«Aspetta» dico. «E la partita?»

«T'importa?»

Non sono sicura di cosa rispondere, dato che non voglio ferire i suoi sentimenti.

«24-14. La mia squadra ha vinto.»

Lancio uno sguardo allo schermo. La squadra blu si precipita dietro quella bianca mentre la telecamera ingrandisce la palla. La partita non sembra finita. «Come lo sai?»

«È una registrazione. Volevo solo provare una mia fantasia. Il football non va in onda ora, è la stagione del baseball.»

Sbatto le palpebre. «Davvero?»

Annuisce e continua il percorso verso la camera.

Pensandoci, sapevo che il Superbowl si teneva a febbraio. «Certo che lo sapevo. Non ho detto niente perché credevo tu non lo sapessi.»

Il suo ghigno mi dice che sa io stia dicendo un mare di stronzate.

Mi rimette in piedi giunti in camera, dolcemente, come se fossi qualcosa di prezioso. Ho ancora le braccia legate, e provo a non dimenarmi impazientemente mentre Dane controlla che io sia ben bloccata.

«Stai bene?» Quando annuisco, il gioco riprende. «Ti piace quella corda, eh?»

«Sì.»

«Ne vuoi ancora?»

«Sì, Daddy, per favore!»

La mia preghiera eccitata lo fa ridere.

Mettendomi in ginocchio sul letto, mi lega i polpacci alle cosce. Non mi sento scomoda, ma quando aggiunge una corda intorno a ciascuna caviglia per tenermi le gambe aperte, realizzo quando io sia vulnerabile in questa posizione: gambe divaricate, braccia bloccate.

«Adesso potrò fare qualsiasi cosa. Posso lasciarti qui, saperti ad attendermi con le gambe aperte, a pensare cosa ti farò quando tornerò in questa stanza. Queste corde sono le mie mani, il mio tocco: ti tengono concentrata su di me.»

Ripercorre con le dita le corde. «Posso legarti il seno stringendo un po' di più, così da scoparti le tette per bene.»

I miei capezzoli diventano turgidi al solo pensiero. «Posso scoparti qui», dice toccandomi le labbra, «o qui», le sue mani scendono verso la mia intimità, ormai fradicia, «o posso girarti--», mi prende e mi posiziona sulla pancia, con una guancia contro il letto e i piedi in aria, «e scoparti anche qui.»

Mi poggia una mano sul sedere e lo strizza, lasciandomi scappare un mugolio.

«Allora, piccola, indovina cosa farò.»

«Cosa?» Tremante e senza fiato, riesco a malapena a pronunciare quella parola.

«Qualsiasi cosa io voglia.» E fa affogare i miei gemiti con la sua bocca.

Alla fine della serata, Dane mi ha posseduta più volte di quelle che riesco a contare. Ogni tanto si è fermato ad assicurarsi che la mia circolazione fosse ancora buona. Ma non ha mai smesso fino a quando ogni singola parte conosciuta di me fosse stata sua: di schiena, tutta aperta, di fianco, così da lasciarlo stendere accanto a me per poterlo prendere meglio, in bilico sulle ginocchia, tenuta in equilibrio dalle sue mani forti, e la mia preferita... sulla pancia, inerme, con lui che mi scopava da dietro. Sono venuta un numero di volte incredibile, e anche lui: se dovessi stare qui a sparare una cifra a casa, direi di aver sforato certamente i mille.

Dane slega le corde e mi porta alla doccia. Non mi toglie le mani di dosso nemmeno quando inizio a contorcermi sotto il getto, ubriaca di piacere. L'acqua mi rianima un po' e io incrocio le braccia attorno al suo collo, mi alzo sulle punte per dirgli 'grazie' a modo mio -- con le labbra e un bel po' di lingua. Ci baciamo come degli adolescenti finché l'acqua non diventa fredda. Dopo, mi prende in braccio, mi asciuga, e mi porta a letto. Quando anche lui si infila sotto le coperte, mi abbraccia e io metto una gamba sulla sua, così da aderire perfettamente al suo corpo.

«Grazie» mormoro. «Sono davvero felice. È stato carino da parte tua.»

La sua risata profonda mi attraversa il corpo scuotendolo, e io mi sciolgo un po' di più.

«Non c'è bisogno di ringraziarmi, piccola. Sto solo recuperando il tempo perso.»

DANE PASSA il resto della settimana a portare la mia roba da nonna, portandole il pranzo e tenendola impegnata. Il muscoloso marine è una ditta di traslochi. Alcune delle cose più ingombranti finiscono a casa sua e, dopo aver messo qualche quadro e posizionato dei mobili - incluso il mio divano verde preferito e la poltrona di pelle - a mio piacimento, passiamo del tempo a... "testarli". Il mercoledì, Dane lega le mie braccia ad un'asta posizionata dietro le mie spalle, ma con i polsi rivolti in avanti così da poter usare le mani. Passo la notte a servirgli drink, o a stendermi sulle sue cosce per lasciarlo giocare con il mio sedere mentre guarda un'altra partita -- baseball, stavolta.

Dopo aver inserito il plug anale, mi lega insieme le gambe e mi chiede un pompino, poi mi piega sulla poltrona in pelle, sculacciandomi delicatamente prima di scoparmi da dietro.

Venerdì, sono ancora stordita ma leggermente nervosa perché non ho sentito ancora Chad. L'avvocato mi ha assicurato di avergli inviato la lettera via mail e mi ha detto di aspettare. Fortunatamente, ho trovato il modo perfetto per tenermi impegnata.

Sdraiata a letto, mando un messaggio a Dane.

«Sono bagnata...»

Il mio cellulare vibra due secondi dopo. «Sei pronta per me, piccola?»

«Ti voglio. Voglio toccarmi...»

«Aspetta.»

La mia intimità si contrae. «Sì, Daddy.»

Passo i minuti successivi a scattare e inviargli foto sexy. Con l'angolazione giusta, cioè con la fotocamera sulla mia faccia, riesco addirittura a nascondere il doppio mento.

«Sto aspettando...» gli scrivo, inviandogli poi la foto.

«Sei a letto?»

«Sì.»

«Via il reggiseno.»

Nel momento stesso in cui lo tolgo, lui manda un altro messaggio.

«Mano sinistra sul capezzolo, toccalo per me.»

Oooh. «Voglio venire» invio, e spero mi risponda il più in fretta possibile.

«Toccati. Ma trattieniti. Se vieni prima del mio ordine, ti punirò.»

La mia vagina ha uno spasmo. Lascio scivolare una mano sotto i pantaloncini, tra le mie cosce.

«Punita?» rispondo.

Nulla. Poso il cellulare e faccio come mi ha ordinato, accarezzandomi i capezzoli e toccandomi fino all'orlo del baratro. Rendendomi pronta per il mio uomo.

Il rombo fuori dalla mia finestra mi avvisa del suo arrivo.

«Sono fuori.»

Corro giù per le scale. L'enorme ombra di Dane mi sta attendendo sulla soglia, con una busta tra le mani.

«La nonna dorme.»

Lo tiro praticamente dentro casa. Lui annuisce e mi tocca il sedere mentre saliamo le scale. Una volta su, mi avvicina a sé e mi bacia. Le sue mani continuano a stringermi il culo, portandomi sempre più vicino al suo corpo, finché non sento qualcosa fare rumore nella busta.

«È per me?» chiesi, senza fiato.

«Porta pazienza, piccola.»

Entriamo in camera e, quando mi spoglia, i suoi leggeri tocchi mi fanno impazzire.

«Hai fatto la brava per me?»

«Sì», dico in un sospiro.

La sua mano mi lascia uno schiaffo sul sedere. «Sì, cosa?»

«Sì, signore.»

«Brava, piccola.»

Mi fa sedere sul letto e mi mostra cosa ha comprato.

Un set di manette di stoffa. Un telo avvolto intorno ad una nuovissima catena argentata. Diverse confezioni di lubrificante.

Cosa, una catena?

Dane alza quell'aggeggio scintillante. «Piccola» richiama la mia attenzione, distraendomi dal mio cervello totalmente nel panico.

«Cos'è quella?» chiedo, nervosa e curiosa allo stesso tempo.

«Il tuo premio.»

«Sembra più una punizione.»

«Ti piacerà davvero un sacco.» Mi mostra un sorriso smagliante. «Ti fidi di me?»

MI SDRAIO SULLA SCHIENA, su diversi strati di asciugamani, ammanettata alla spalliera e con il sedere sorretto da un cuscino rivestito da un'altra asciugamano. Le mie ginocchia sono legate alle mie caviglie, un po' più divaricate della larghezza dei miei fianchi, così da lasciare esposto il mio punto debole. Dane è seduto tra le mie gambe, con gli occhi ancorati sulla mia intimità mentre infila lentamente la catena al suo interno, un anello dopo l'altro. Non mi sento a disagio, ma percepisco una leggera sensazione di pienezza.

Ti sta mettendo una catena dentro! urla il mio cervello.

Il resto del mio corpo chiede un parere alla mia vagina.

Oh mio Dio, è il paradiso, mugola lei.

«Stai bene, piccola?» mormora lui, applicando dell'altro lubrificante. Ha già svuotato una bottiglia per ungere la catena prima di inserirla. Non riesco a parlare, ma lui mi legge nel pensiero osservando il mio mezzo sorriso e i miei occhi chiusi. Il mio corpo si sente pieno, così pieno, da quel peso metallico. È nuova, e lui l'ha lavata con attenzione, controllando se ci fossero punti non limati o qualsiasi altra cosa che avrebbe potuto farmi male. Con ogni anello, le dita di Dane mi sfiorano, mi toccano, portano in orbita i miei sensi già surriscaldati, aggiungendo al tutto un po' di piacevole tortura. Gli anelli si ammassano dentro di me, spingendo deliziosamente contro i miei punti più nascosti. La mia vagina non si è mai sentita così bene.

È una catena! Il mio cervello corre freneticamente in cerchio, agitando le mani.

Il resto del mio corpo decide di ignorarlo.

Dane accarezza il mio clitoride con il pollice e io mi contorco , con la catena che preme in punti non sapevo esistessero prima, lasciandomi scivolare in un mondo di benessere totalmente nuovo. Sono molto più che felice, sono in un altro universo, in una galassia in cui un uomo muscoloso fa inzuppare le mie parti intime e fa cose che le parole non descriverebbero in modo sufficientemente accurato.

Dane continua a mandarmi su di giri, finché non divento io stessa una pozzanghera di umori e sudore nel bel mezzo del mio letto.

«Per favore», mugolo.

«No, piccola.»

Toglie la mano dal mio clitoride e la poggia sul mio seno per torturarmi i capezzoli. Poi la lascia scivolare giù per riprendere ciò che ha interrotto.

«Un giorno dovrai portartela dietro: potrai camminare in giro per casa con la catena dentro di te, non sarebbe interessante?»

«Oh, Dio...», lascio scappare un gemito. Intende rifarlo? Non sono certa di poter sopravvivere a questa sensazione una seconda volta... ma se significa andare nel mio posto felice, allora va bene.

«Dane...» piagnucolo. «È troppo...»

«Stai facendo così la brava bambina per Daddy.»

Si stende col suo enorme corpo accanto a me, lasciando vagare la sua mano. Io guardo il suo percorso sulla mia pelle.

«Tutto bene, piccola?» chiede Dane per l'ennesima volta, e io riesco ad annuire, in qualche modo. «Sei pronta per ricevere l'altra sorpresa?»

Altra? Il mio corpo urla in preda al panico e all'entusiasmo.

Si sporge in avanti e tira fuori un'ultima cosa dalla busta. Un piccolo vibratore, simile a un grande proiettile.

«Oh, Dio.»

«Hai trenta centimetri di catena dentro di te.»

«Oh, Dio.»

«Ti dò un momento e inserirò il resto.»

«Oh, Dio. Vuoi strozzarmi?»

«Assolutamente no. Voglio solo che tutto il quartiere ti senta urlare.»

Qualche minuto dopo, tutto il mondo mi ha davvero sentita urlare.

«Dane!» ansimo, a lungo e rumorosamente. «Devo venire!»

«Non ancora, piccola. Trattieniti per me.»

«Ti prego, ti prego, ti prego!» lo supplico senza fiato.

«Dimmi quando ci sei quasi.» Con un mezzo sorriso pigro, aziona il vibratore.

Quell'aggeggio vibra, muovendo l'intera catena dentro di me, scuotendo le pareti della mia vagina. Il mio cervello va in blackout, e il mio corpo è sull'orlo del baratro.

«Dane!» urlo, pronta ad esplodere.

Lui lo spegne.

«Velocità minima» fa finta di aggrottare la fronte. «Dobbiamo lavorarci su.»

Si sposta tra le mie gambe con uno sguardo così intenso che posso soltanto amare e adorare. Quell'occhiata preannuncia solo belle cose.

«Tieniti pronta, piccola.»

Sono già pronta, fantasticando su cosa lui abbia in serbo per me.

In qualche modo, il mio corpo attende i suoi ordini. In passato mi aveva già detto di trattenermi dal venire, lasciandomi in attesa, e ci ero riuscita. Mi aveva preannunciato che ci avremmo riprovato, e più a lungo, in futuro.

Mi tocca di nuovo, e stavolta non ci riesco. In un secondo arrivo da zero a cento... a un trilione.

Il vibratore si accende e fa il suo lavoro, lasciandomi pronunciare parole a caso, nonostante lui sappia che sono ormai persa. Durante il mio orgasmo, sfila lentamente la catena.

Non so bene cosa sia successo dopo, probabilmente sono svenuta, o mi sono solo spinta nel punto più remoto del mio posto felice. Tutto il mio corpo si scuote. La terra si muove, così come tutto il sistema solare e l'universo intero...

Sono ancora scossa quando Dane entra di botto dentro di me, ricoprendomi con il suo corpo mentre lascia scivolare il suo membro dentro di me. La sua lunghezza riesce a raggiungere il mio punto g (a quel punto qualsiasi parte di me sembrava il mio punto g) e mi manda di nuovo al tappeto. Potrei anche essere riuscita a squirtare, ma la quantità di lubrificante rende difficile capirlo.

Il mio cervello è andato, il mio corpo sprofonda nel piacere. C'è solo Dane e i suoi bellissimi muscoli che si contraggono mentre entra e esce da me. Pronuncia il mio nome tra i gemiti quando raggiunge l'apice.

Molto probabilmente le sue braccia mi circondano, tirandomi a sé.

Cerco le parole.

«Cazzo», riesco a dire.

«Cazzo», ripeto. «Scopami!»

«Lo sto facendo, piccola.»

E lo fa benissimo. E oltre alla figa, Dane mi fotte anche il cervello.

«Stai bene, piccola?» mi chiede dopo un po'.

«Meravigliosamente. Ogni volta che vorrai tirare la mia catena, Dane...»

Ridacchia.

«Sei un dio. O il diavolo, non riesco a decidere.»

«Piccola...» mormora, causandomi dei piccoli e dolci spasmi. «Ti piace l'idea della catena?»

«Oh, sì che mi piace. La amo. Vorrei tanto averci dei bambini.»

Altre risate profonde e mi addormento, pensando a

quanto sarebbe stato bello passare il resto della mia vita nelle braccia del mio Devil.

NON SO quanto a lungo abbiamo dormito, ma mi sveglio con qualcuno che urla il mio nome.

«Cass!»

Salto giù dal letto prima che il mio cervello riesca a decifrare per bene quella voce.

Che cosa!? chiede il mio corpo, ancora stonato.

Chad, conferma il mio cervello.

«Cassandra?» Dane è già fuori dalle coperte, in piedi e più sull'attenti di me. probabilmente tutto ciò è dovuto al suo addestramento da marine, così come i muscoli e le sue movenze.

«Rimani qui», dico confusa, afferrando una vestaglia per poi uscire fuori dalla stanza.

«Cassandra, aspetta», Dane ordina, ma io ignoro il comando e scendo di corsa le scale per raggiungere la porta d'ingresso.

Chad è in piedi, al centro di una pozzanghera di luce, e bussa alla porta, così forte che mi preoccupo riesca a svegliare la nonna. Continua a chiamarmi e a bussare, nel bel mezzo della notte, nonostante sappia che mia nonna è stata male.

Che stronzo!

Non voglio che Dane lo veda. Sono certa che lo detesterebbe, il ragazzo con cui mi sono sposata; tutto profumato e con la polo addosso. Il ragazzo della porta accanto contro il Dio della scopata e dei tatuaggi.

Non riesco a sopportare l'idea che Dane mi giudichi.

E oltretutto, è un mio casino e devo essere io ad affrontarlo.

Con la mia nuova sicurezza, amplificata dal mio Devil, mi sento abbastanza forte da riuscirci.

«Che c'è?» spalanco all'improvviso la porta.

«Cosa cazzo è questo?»

Tiene in mano una pila di fogli. Sbatto le palpebre confusa prima di riconoscere il logo dello studio legale del mio avvocato.

Stringo la vestaglia e incrocio le braccia sul petto. «Beh, sono venuta a conoscenza dei miei diritti. Pensavi che non sarebbe successo, ad un certo punto?

«Ah, davvero? Ti sei messa a giocare all'investigatore, ora, dopo un anno?», urla.

«Abbassa la voce!» sputo, acida. «Nonna dorme e lo sai che non sta molto bene.»

«Se mi provochi, te la faccio pagare.»

Sento del calore dietro la mia schiena e realizzo di avere Dane dietro di me, venuto a salvarmi.

«Non sto provocando proprio nessuno, Chad. Puoi avere il tuo divorzio, ma equamente.»

«Brutta puttana—»

«Basta!», ringhia Dane. Le sue mani mi costringono ad indietreggiare mentre lui si fa avanti, frapponendosi tra me e il mio ex.

La testa di Chad si sposta verso l'alto per guardare in volto Devil Dog, molto più alto di lui. «E tu chi cazzo sei?»

«Non sono cazzi tuoi. E non hai nessun diritto di parlarle in questo modo.»

«Che fai, te lo scopi?» chiede Chad, rivolto a me. Poi si gira verso di lui. «Ti scopi mia moglie e mi dici come le devo parlare?»

«Abbassa la tua cazzo di voce.» Non c'è nessuna traccia

di calore nella sua, che sembra più un ringhio. «Non è tua moglie, non più.»

«Ma i documenti—»

«Sono una formalità. Adesso devi andartene: se vuoi parlare alla signora Brass, devi farlo come dice la lettera.»

«Col cazzo che lo farò!»

Chad inizia a farsi in avanti. Non riesco a capire cosa stia tentando di fare, se stia provando ad entrare in casa per fare un'altra scenata o cosa, ma noto due cose con un solo colpo d'occhio: la sua auto, accostata in modo indecente al marciapiedi e il modo lento e barcollante in cui si muove.

«Chad, sei ubriaco?»

«Vaffanculo! Brutta troia!»

Dane pianta una mano al centro del suo petto. Non vedo bene la scena, ma noto Dane fare un passo in avanti e il mio ex volare attraverso il giardino per poi cadere sull'erba.

Spalanco la bocca nello stesso momento in cui Chad atterra di culo sul prato gridando altri insulti, abbastanza da svegliare i vicini.

«La prossima volta che dico di aspettare, tu aspetti, Cassandra!» mi dice Dane, prima di spostare di nuovo la sua attenzione all'uomo che sta ancora urlando sul prato.

Annuisco, con la bocca ancora aperta.

«Chiama la polizia, poi dai un'occhiata a tua nonna», mi ordina Dane, per poi voltarsi di nuovo verso il mio ex.

«Chiamati il cane, stronza!» urla Chad prima di gattonare verso la sua auto. Due falcate e Dane lo raggiunge, mettendogli una mano intorno al collo per alzarlo. Le sue braccia si scuotono all'impazzata mentre altre parole poco carine gli escono dalla bocca. Dane sembra quasi annoiato. Se non fosse stato per i bicipiti tatuati di Dane, Chad lo avrebbe stufato tanto quanto dover attendere qualche minuto extra per una tazza di caffè.

«Cassandra, ora.»

La voce di Dane mi strappa dal mio stupore, e io fotografo quell'immagine davanti ai miei occhi prima di andare a controllare nonna, che sta ancora dormendo, per fortuna. Le sue pillole dovevano essere più buone di quanto diceva. Nemmeno le luci rosse e blu e altre urla ubriache sembrano disturbarla.

Esco fuori per un attimo e guardo Dane parlare con i poliziotti. Uno di loro è in piedi accanto a Chad. Dane mi fa un cenno con la mano e io torno dentro per aspettarlo.

Mi trova seduta al tavolo della cucina con la testa tra le mani.

«È andato via?»

«Sì.»

«Mi dispiace...» sussurro.

La mia vita è un tale casino... Quale uomo avrebbe voluto starmi accanto?

«Cassandra.»

Alzo la testa. Dane è ritto come un monolite in quella cucina così piccola, sembra dominare l'intero spazio. Tutto della sua voce e del suo sguardo lascia trasparire gentilezza.

«Vieni qui, piccola...»

Mi trascino tra le sue braccia aperte e lo abbraccio, affondando la mia faccia nei suoi pettorali.

«Che c'è che non va?»

«È stato umiliante...»

«Per lui, mica per te.»

«Ma è stato così volgare... non volevo assistessi a tutto questo casino.»

«Non è colpa tua, piccola.»

«Io l'ho sposato. Sicuramente starai pensando che sono stupida.»

Mi accarezza la guancia, guardandomi negli occhi. Non

c'è un minimo di esitazione nei suoi occhi e nella sua voce quando mi risponde.

«Mai.»

Mi alzo sulle punte e lo bacio. Poi sospiro, e torno a rifugiarmi tra le sue braccia.

«Sono così imbarazzata...»

«Per cosa?»

«Chad. Quella scenata...»

«Io sono stato peggio», ammette. «Il giorno in cui ho saputo che i miei amici erano stati fatti fuori da una bomba artigianale mentre io ero a casa per guarire, ho ripulito un intero scaffale del reparto liquori. Mi sono ubriacato così tanto che mi svegliai il giorno dopo e mi accorsi che avevo parcheggiato la jeep sul marciapiedi.»

«Dane...», sussurro tremante.

Mi prende in braccio e mi porta al piano di sopra. Le mie braccia avvolgono il suo collo e affondo il viso nella curva tra il suo collo e la spalla.

Una volta su, mi adagia sul letto, a pancia in su, e mi abbraccia.

Mi sento bene, al sicuro e al caldo, ma non riesco a smettere di pensare a Chad che barcolla nel mio giardino. Dane che parla ai poliziotti, che poi lo portano via. Il ragazzo d'oro dei sobborghi, diventato un rozzo del sud.

Bel pacchetto, ma il contenuto è marcio.

E io l'avevo sposato.

Cosa diceva questa cosa di me stessa?

Cerco con tutta me stessa di fermare quei pensieri, di rimanere in silenzio, ma alcune lacrime sfuggono al mio controllo.

«Va tutto bene, piccola.» Quelle enormi braccia mi stringono, portandomi più vicino a lui.

Cerco di rilassarmi, e dopo un po', insieme alla tensione anche le lacrime vanno via.

«Dane—»

«Ssh, piccola. Ne parleremo domani.»

LA MATTINA DOPO, mi sveglio sola. Una brutta sensazione mi attanaglia lo stomaco. Dane è andato via, ma tra gli eventi della notte prima e la mia pazzia, non sono sorpresa.

Il vibratore è ancora sul comò, insieme a due confezioni di lubrificante. Lo ripongo in un cassetto, sospirando. Mi sarebbe servito come promemoria, per ricordare il miglior sesso della mia vita. Dubito mi capiterà mai un'esperienza così bella una seconda volta.

Questo pensiero è talmente deprimente che indosso la vestaglia e mi dirigo verso le scale per dare uno sguardo a nonna, qualsiasi cosa pur di uscire da quella stanza con tanti bei ricordi dentro.

Quando raggiungo il piano terra sento delle voci, così mi affaccio nella camera di nonna per trovare lei e Dane a chiacchierare tranquillamente.

«Cassandra!» trilla nonna. «Ho saputo che hai avuto una bella nottataccia.»

«'Giorno, nonna», mormoro, ancora esitante. Dane sta salutando la signora Maddie prima di andarsene per sempre? Una parte di me desidera essersi almeno pettinata nel tentativo di sembrare sexy.

«Ehi piccola», mi saluta Dane.

«Ehi...» dico. «Stai andando via?»

«No, sono appena tornato.»

Si sposta e prende qualcosa per poi porgermelo: una tazza di carta con il logo di Bean Counter sopra. La afferro titubante e ne assaggio il contenuto: si tratta del mio latte preferito, preparato alla perfezione.

Sbatto le palpebre per ricacciare le lacrime. «Te ne sei ricordato.»

«Piccola...»

Si alza. Dietro di lui c'è la nonna, seduta con un sorriso tranquillo sul volto. Mi lascio portare in cucina da Dane, che mi guida con le mani sui fianchi.

«Vieni qui.»

Mi abbraccia forte, lasciandomi sentire il suo petto muscoloso contro la mia guancia. Il profumo del suo bagnoschiuma mi rapisce, ed io riesco a rilassarmi con quella fragranza così familiare.

«Mi dispiace...», mi asciugo le lacrime.

«Va tutto bene», dice dolcemente. «Hai passato una brutta nottata.»

«Tu sei ancora qui...»

«Beh, ovvio?» dice, aggrottando la fronte. «Dove potrei essere, altrimenti?»

«Non so... magari via...»

Il suo sguardo si addolcisce. «Non sono tua madre né il tuo ex.»

«No... sto iniziando a realizzarlo.» Lui è proprio come nonno, invece. «Ma se te ne andassi, ti capirei.»

«Stanno succedendo cose brutte, Cassandra, ma tu non ne hai colpa. Il tuo ex ti ha persa perché non vedeva cosa aveva tra le mani e ha fatto un casino. Si è fottuto la vita da solo, io invece ho ripulito la mia: e tu sei il mio premio.»

Wow, sospirano increduli sia il mio corpo che il mio cervello.

«Non voglio tu veda tutto questo...» sussurro, incapace di credergli pienamente. «Quale razza di uomo vorrebbe una donna con tutti questi problemi?»

«Il tipo di uomo che ha bisogno di qualcosa per cui lottare. Sono io, piccola: sono nato per lottare. Credevo fosse per il mio Paese, infatti ho passato mesi a farlo, ma adesso lo so: sei tu.»

Le sue parole mandano in tilt il mio cervello, impedendomi di respirare, lasciandomi senza parole.

«C'è di più, però...», continua Dane. «Tornato dalla sandbox, volevo morire. I miei amici se ne erano andati, la mia vita sembrava priva di scopo e io ero diventato un casino. Mi serviva qualcosa per cui vivere. Mi ci è voluto un po' per capire che l'onore, il coraggio e l'impegno servivano anche fuori dal campo di battaglia. Sono le cose di cui abbiamo bisogno quando torniamo a casa da chi amiamo.»

Amiamo? Gli circondo le braccia attorno al busto e lo stringo forte. «Anche nonno diceva una cosa simile. Diceva che noi eravamo il suo dovere verso la patria, che gli venivano dati ordini per 'tenere felici le sue donne'.»

«Sono contento che l'abbia trovato proprio tua nonna. Ma anche tu lo meriti, va bene?»

«Okay.»

E stavolta dico sul serio.

Dane mi solleva il mento. «Oltretutto, se andassi via ora, metà della tua roba è nel mio appartamento. Quindi starei tornando a casa da te.»

Poggia la fronte contro la mia. «E mi piace tornare da te, Cassandra.»

Un senso di calore mi avvolge, portandomi nel mio posto felice, un luogo più silenzioso di quello della notte prima, ma lo stesso. Le sue braccia scivolano di nuovo attorno a me e io mi rilasso accarezzando la schiena del mio Devil Dog, sentendomi felice, come non mi sentivo da tempo. Da quando è morto nonno, in realtà.

«Qualsiasi cosa succeda, la affronteremo insieme.» La voce di Dane mi riempie le orecchie.

Sollevo lo sguardo e gli solletico il naso con il mio. «Di certo puoi affrontare Chad con i tuoi superpoteri da marine.»

Lui sorride.

«Anche mio nonno li aveva. Anche se non penso che avrebbe potuto lanciare un uomo dall'altra parte del giardino con una sola spinta. Quello è stato... impressionante.»

«Sono contento tu la pensi così.» Mi stringe un po' di più e sospira, dopodiché realizzo che anche Dane è nel suo posto felice. E lo è insieme a me. Forse ha soltanto bisogno di avere qualcuno che lo guardi come un eroe.

Forse è reciproco.

Fraintende il mio sguardo perso. «Ti manca?»

«Chad?»

«No», ridacchia. «Tuo nonno.»

«Sì... tu me lo ricordi molto.»

«È una cosa buona?»

«Certo che sì.»

Rimango in silenzio per un attimo e Dane fa ciò che gli riesce meglio: mi tiene stretta, dedicandomi tutta la sua attenzione. «Ma mi sento molto in colpa, se devo essere sincera. L'ultima volta che abbiamo parlato ero qui, e litigammo a causa di Chad. Eravamo in disaccordo, come al solito, e io me ne andai per trasferirmi con Chad. Io e nonno abbiamo parlato poche volte, dopo quella discussione, ma non gli ho mai chiesto scusa.»

Fisso Dane, con la voce quasi rotta. «Non saprò mai se mi ha perdonata. Non so se io potrò mai perdonarmi.»

«Lo ha fatto», mi risponde Dane. Contino a guardarlo, morendo dalla voglia di credergli.

Con mia sorpresa, mi lascia andare.

«Aspetta qui, piccola.» Si volta per dirigersi di nuovo verso il salotto e torna con due foto incorniciate tra le mani. Ha un'espressione divertita stampata in viso quando me le porge.

La prima è la foto che stava nel deposito, ritraente nonno in uniforme, fiero e spavaldo. La seconda ritrae nonno davanti al suo garage, in abbigliamento più casual. Ha le maniche della camicia tirate in su che mostravano un tatuaggio -- un bulldog, esattamente come quello sul braccio di Dane. Accanto a lui, figura un Dane molto più magro, con una folta chioma marrone e lo stesso mezzo sorriso splendente, fermo nella stessa posa: le maniche in su con il tatuaggio in bella vista.

Spalanco la bocca. «Ma--»

«È stata tua nonna a scattarla, pochi giorni dopo aver fatto il tatuaggio: mi sono ispirato al suo.»

«Tu lo conoscevi? Voglio dire... sapevo lo conoscessi, ma *così tanto*?»

«Stavo con lui tutto il tempo. Appena finito il liceo, iniziai ad aiutare mio fratello a mettere su la sua officina. Mi sentivo come se stessi sprecando tempo che avrei potuto usare per fare ciò che desideravo realmente. Tuo nonno mi vide nei paraggi del VFW e mi prese sotto la sua ala.» Dane prende la foto dalle mie mani, io lo lascio fare. «Facevamo un paio di tiri al biliardo, tornavamo a casa e tua nonna aveva già preparato la cena che ci aspettava a tavola... oppure il barbecue già pronto per lasciarci cucinare. A volte lui le portava delle margherite, e quando tuo nonno entrava in casa, entrambi avevano quei meravigliosi sorrisi stampati in volto.» Anche Dane sorride quando mi da indietro la foto. «Dissi a me stesso che, quando avrei trovato una donna, entrambi avremmo avuto un'intesa come quella.»

Mentre fisso quei due Devil Dog, separati da tre generazioni, non riesco a parlare.

«Cassandra, lui parlava sempre di te. Avresti potuto scappare anche cento volte, ma lui ti avrebbe sempre messa su un piedistallo. Parlava per ore di tutte le tue A in matematica, dei voti altissimi nel dibattito: era fierissimo di te.»

«Oddio. Quel giorno in caffetteria... sapevi chi ero?»

«Mi sembravi familiare, ma non l'ho capito finché non ho raggiunto il patio di casa tua e hai aperto la porta, bellissima e infastidita.»

«Non ero infastidita...», mento, distogliendo lo sguardo

«Piccola...» mi riprende lui, ridacchiando.

«Okay, lo ero.»

«Ti dirò, non ti ho riconosciuta in caffetteria, ma mi sentivo attratto da te. E non solo a causa del tuo meraviglioso culo.»

Gli do un buffetto sul bicipite, ma lui mi afferra la mano e la stringe dolcemente.

«Volevo conoscerti.»

«Dane...»

«Sono proprio qui, piccola.» Inclina la testa e mi bacia.

Poggio la fronte sul suo petto per un po', le mie braccia avvolte intorno al suo collo. Le sue mani mi sfiorano il sedere, rilassate.

«A cosa stai pensando, Cassandra?»

Sospiro. «Vorrei tornare indietro nel tempo per non commettere l'errore di stare con Chad. Ho sempre voluto incontrare il mio uomo al liceo e rimanere con lui per tutta la vita, proprio come i miei nonni.»

«Non è troppo tardi. Entrambi abbiamo tutta la vita davanti a noi.»

Spalanco gli occhi.

Fa sul serio?

«Sei—»

«Assolutamente sì. Per come stanno andando le cose, incontrerai tutta la mia famiglia, e non ci vorrà molto prima che ci accerchieranno per lanciarci del riso addosso.»

«Ma se non ho nemmeno ancora divorziato...»

Fa spallucce, con le braccia ancora intorno a me. «Non vedo l'ora. Mi piacerebbe rimanere sobrio per qualche altro anno prima di avere dei bambini, però. Sempre che riusciremo a sposarci prima che tu partorisca.»

Sussulto. «Vuoi avere dei figli da me?»

«Piccola, voglio fare qualsiasi cosa con te.»

Un dolce sorriso gli arriccia le labbra. «Stiamo cercando entrambi qualcosa, e io l'ho trovato.»

Cerco di confrontarmi con il mio cervello, ma i suoi commenti acidi sono completamente svaniti. In quell'istante realizzo che tutte quelle brutte cose che dicevo a me stessa non provenivano da me, ma da Chad, o da qualche parte di me ancora soggiogata da lui. E adesso che il mio ex è andato via, non ho più bisogno di criticarmi in quel modo.

Adesso nella mia testa c'è un diavolo. Uno buono, però. Ed è lì per rimanerci.

«Penso di averlo trovato anch'io», rispondo alla fine.

«Bene.»

Mi stringe più forte, inclinando la testa più vicino alla mia. «Perché sei in debito con me per la scorsa notte. Non mi piace quando la mia donna mi ignora. Mi piace ancora di meno se sta affrontando un problema, dopo che le ho detto di farsi da parte. Le bambine che disobbediscono vengono punite.»

Whoosh! Il mio stomaco si riempie di farfalle. «Mi dispiace, Daddy», sussurro, sopprimendo l'urgente bisogno di gongolarmi e arrossire allo stesso tempo. «Come posso farmi perdonare?»

«Mi vengono in mente un paio di modi. Al tuo bel culetto non piacerà, però.»

E le mie mutandine si bagnano.

«Okay, Daddy», sorrido.

«Adesso ti riporterò a letto così la risolviamo subito», grugnisce poi. «Poi ti scoperò. Sentirai lo sfinimento per una settimana: ti farò venire un bel po' di volte così saprai a chi appartieni. Che ne dici?»

Sono senza parole.

Mi prende in braccio per portarmi in camera.

E, proprio come aveva detto, l'ho davvero sentito per una settimana. Adesso non c'era più modo di dimenticare a chi appartengo.

Una settimana dopo, arrivano i documenti da Chad e tutte le mie richieste vengono soddisfatte. Sposto le mie cose dal deposito all'interno dell'appartamento di Dane. Vivo ancora a casa di nonna per tenerla d'occhio, ma lui può sempre venire da me.

Sei mesi dopo, Dane si presenta con delle margherite e uno scatolino.

Le margherite sono per nonna.

L'anello, invece... quello è per me.

Fine

TUTTI I DIRITTI RISERVATI